La Fea Burguesía
— EDICIONES —

ELOY M. CEBRIÁN

CANÍBALES

La Fea Burguesía
— EDICIONES —

MURCIA, 2024

La editorial es consciente de la necesidad
de los recursos naturales para consumir cultura
y de la colaboración en la conservación del medio ambiente.
Así pues, por la impresión de este libro,
ha plantado un olivo (*Olea europaea*) en el paraje
de El Horno en Cieza (Murcia)

«Caníbales»
© Eloy M. Cebrián, 2024
© La Fea Burguesía Ediciones, 2024
Grupo Editorial Tres y Libros, SL
Murcia, España.
www.lafeaburguesia.es

Diseño cubierta y maquetación: Fernando Fernández Villa
Imagen de cubierta: MalikaFavre

Primera edición: febrero de 2024

ISBN: 978 84 127605 6 9
Depósito legal: MU 90-2024

Printed in Spain - Impreso en España

Índice

SOÑAR CON TRENES

Todas las noches soñaba que viajaba en tren. Fue por la época de mi divorcio. De día, mi mujer y yo ultimábamos los detalles de nuestra separación. Por la noche, cuando me quedaba dormido, aparecía en un tren. Siempre el mismo tren. Uno de aquellos viejos trastos con locomotora diésel que la gente llamaba «borregueros», con sus compartimentos, su pasillo lateral y sus fotografías turísticas desvanecidas por el tiempo. Ah, y con aquellos retretes cuyo agujero daba directamente a la vía, por lo que estaba prohibido usarlos en las estaciones. Un tren de aquellos que debieron de retirar de la circulación hace treinta años.

El tren era siempre el mismo, o al menos el compartimento en el que yo viajaba era siempre idéntico. Y lo sé por las fotografías de la pared de enfrente, que mostraban tres puentes: el de Alcántara, el de Ronda y el de Cangas de Onís. Lo afirmo sin vacilar porque mis sueños eran tan lúcidos que los recordaba al despertar en todos sus detalles, como si fueran vivencias del día anterior. Por ejemplo, me acuerdo perfectamente del olor a desinfectante y tabaco negro, a orines y a humanidad cocida en su jugo. Eso no variaba. Los que cambiaban eran mis compañeros de viaje, aunque todos tenían en común el hecho de ser perfectos desconocidos. Los había de todas las edades y condiciones. Desde niños a ancianos decrépitos. Desde chavales melenudos a personas que parecían dirigirse a una boda de postín, ataviadas con vestidos largos y chaqués.

¿Hacia dónde me dirigía en mis viajes? Esta es la parte en que mi memoria onírica me falla. Tal vez dentro del sueño lo supiera. Pero esta información desaparecía cuando despertaba. Ni siquiera sabía (sigo sin saberlo) si el destino de mi viaje era siempre el mismo o si cada sueño contaba con su propia estación de llegada. Mis sueños empezaban con el tren en marcha y terminaban antes del fin de trayecto. Tampoco había paradas. El tren avanzaba sin cesar a través de un paisaje de lo más monótono, pura estepa castellana: campos de cereales y peñascos sombríos. Y un sol agonizante que amenazaba con desaparecer en cualquier momento pero nunca llegaba a ocultarse del todo, como ocurre en verano en las latitudes boreales.

No eran sueños muy estimulantes, la verdad. Ni siquiera charlaba con mis compañeros de viaje, que dormitaban o permanecían en silencio, y jamás se dirigían la palabra ni me hablaban a mí. Sin embargo, recuerdo que cada noche esperaba impaciente el momento de quedarme dormido y refugiarme en el tren. El tren era mi remanso de calma. Y todo lo que había fuera de él (es decir, mi vida real) me parecía una pesadilla de la que solo despertaba cuando me quedaba dormido.

Mi relación de pareja había empezado muy bien. De un modo bastante romántico que incluso me atrevería a calificar de apasionado. Con mensajes a todas horas y llamadas que se eternizaban porque ninguno de los dos quería colgar. Y viajes. Y cenas. Y sexo, claro. Mucho sexo. Y numerosos proyectos para nuestra vida en común. Éramos dos tortolitos en la treintena. Ambos teníamos buenos trabajos que nos permitían vivir sin apuros. Podríamos haber seguido solos sin ningún problema, pero a los dos nos apeteció «unir nuestros destinos», como dice el viejo tango.

Y como en un tango, las cosas acabaron mal.

Empezamos a distanciarnos. No hubo terceras personas en conflicto. Pero el tedio sembró nuestra relación de rutinas y perdimos las ganas de estar juntos. Ella empezó a salir a diario. Se apuntaba a todas las actividades de moda: a pilates, a bailes de salón, a talleres de esto y de lo otro... Yo le tomaba el pelo por aquella manía de aprender cosas inútiles, como el reiki o el *mindfulness*. La acusaba de ser frívola y superficial, y aprovechaba el tiempo que me dejaba libre para salir a beber con amigotes y compañeros del trabajo. No llegué a tener amantes como tales, pero más de una vez acabé con alguna prostituta o con algún ligue de madrugada turbia. Una noche que iba de farlopa aproveché una oferta que vi en una página de contactos y me acosté con dos a la vez, una de ellas un transexual.

Creo que aquel fue un punto de inflexión, un lugar del que resultaba muy difícil volver.

Casi nunca teníamos discusiones violentas. Nuestro estilo era más bien el desdén silencioso, no dirigirnos la palabra durante horas o días. Solamente en una ocasión en que yo aparecí un domingo por la mañana después de no haber dado señales de vida desde la tarde del viernes, ella me llamó hijo de puta y me lanzó lo primero que encontró. Nada contundente. Un rollo de cocina que ni siquiera estaba entero. Yo se lo devolví y lo acompañé de otro proyectil. Concretamente, la taza que tenía en la mano. No le di, pero le provoqué una quemadura en un brazo con el café con leche que salió despedido de la taza. Me amenazó con denunciarme. Le contesté que hiciera lo que le viniera en gana. Al final no me denunció.

Así estaban las cosas en nuestro matrimonio al cabo de tan solo cinco años de casados.

La consecuencia más inmediata del incidente de la taza fue que dejamos de dormir juntos. Yo me trasladé al cuarto de planchar, donde habíamos instalado una cama empotrada por si venía algún invitado o algún hijo, aunque ninguna de las dos cosas llegó a ocurrir. Durante unas semanas hicimos vidas separadas. Cada uno comía por su lado. Procurábamos coincidir lo menos posible y limitamos la comunicación a saludos protocolarios, monosílabos y notas amarillas pegadas sobre la puerta de la nevera. Al cabo de un tiempo, sin embargo, empecé a tener la sensación de que el hielo que se había instalado entre nosotros empezaba a derretirse. Incluso había días en que desayunábamos juntos o veíamos alguna película en Netflix. Estas cosas me hicieron sentirme más esperanzado, o puede que aliviado, no sabría decir.

Aunque pronto descubrí que había malinterpretado aquellos signos de distensión.

«He decidido divorciarme», me dijo mientras yo untaba mi tostada con mantequilla. «No quiero meterte prisa, pero preferiría que te fueras organizando cuanto antes para marcharte.»

No discutí ni supliqué. Habría sido una indignidad.

Pero la tostada se me cayó al suelo por el lado de la mantequilla.

Cuando decidimos casarnos, ambos teníamos piso propio. El suyo, una vivienda amplia y céntrica que había heredado de una tía soltera, se convirtió en el domicilio familiar. El mío, apenas un apartamento, lo alquilé para ir pagando la hipoteca. Ahora me tocaba avisar a mi inquilino de que lo desocupara en los próximos tres meses. A eso se refería ella cuando me pidió que me fuera organizando. Pensé que en tres meses podían pasar muchas cosas, pero en realidad no pasó nada. Es más, cuando, al cabo de unos días, insinué que tal vez se estaba precipitando, que existía alguna posibilidad de arreglar lo nuestro, me rogó que no volviera a mencionar el asunto de un arreglo o tendría que marcharme de inmediato.

Esa misma noche empezaron mis viajes en tren.

La pregunta es qué significaba aquel sueño recurrente de viajar en tren entre desconocidos. ¿El deseo de escapar? ¿La urgencia de un cambio de aires? Me temo que no. La realidad es que estaba asustado. Me aterraba la soledad y lo que el futuro pudiera depararme. A falta de un mes para la mudanza, cuando el tren ya se había convertido en una rutina de todas las noches, de buena gana me habría hincado de rodillas ante ella y le habría suplicado otra oportunidad con lágrimas en los ojos. Lo único que me detuvo fue su amenaza de ponerme de patitas en la calle de inmediato. Probé a ablandarla por medios indirectos. Fui amable y considerado como nunca lo había sido. Compré sushi del bueno para los dos. Pinté el salón y el pasillo. Arreglé los armarios de la cocina. Y si me abstuve de gestos de cariño más explícitos fue porque ella me rechazó de forma tajante y me avisó de que con esa actitud solo conseguiría tener que costearme un hotel hasta que mi inquilino desalojara mi apartamento.

A una semana de la fecha fijada para mi partida, sentía tentaciones de encadenarme a un radiador de la calefacción con tal de no tener que marcharme. Vivía sumido en un torbellino de emociones. El miedo se alternaba con la culpa, y mi único consuelo era saber que cada noche iba a aparecer en el tren, y que durante el viaje dejaría de notar los mordiscos de la angustia. Mi anestesia ferroviaria resultaba tan eficaz que me pasaba el día entero deseando que llegara el momento de tumbarme en la cama empotrada y quedarme dormido. Aquel sueño en movimiento poseía, además, su propia inercia. Cada mañana experimentaba unos minutos de paz, coincidentes con el tiempo que tardaba en acordarme de que mi mujer quería divorciarse y me había echado de su casa.

Luego estaba la duda sobre la naturaleza real de mis sentimientos. ¿Aquel pavor ante la inminencia de la separación era solo miedo u obedecía a otra causa? En un principio traté de convencerme de que no era más que ansiedad, temor al cambio y a la obligación de recuperar los hábitos de la vida en solitario, que creía haber dejado atrás para siempre. Pero, conforme las fechas iban cayéndose del calendario, empecé a decirme que lo que en realidad me atormentaba era el fin del amor. Aunque ¿qué amor podía quedarme a mí, que había desatendido e ignorado a mi mujer durante años? ¿Qué clase de amor era aquel que me había hecho despertar en una cama extraña, entre una puta y un tío con tetas?

Un amor canalla.

Posiblemente un amor de mierda.

Sin embargo, estaba convencido de que existía. De que la quería.

Y llegó el día de mi partida.

Nunca me ha gustado acumular trastos, por lo que tres viajes bastaron para trasladar todas mis cosas. En cuanto a los muebles que habíamos comprado juntos, decidí regalárselos. Mi apartamento estaba amueblado. Ni siquiera me cabían.

Es curioso que muchas veces los momentos que más tememos, los que hemos pintado con los colores más tenebrosos, al final resultan decepcionantes de puro anodinos. Mi inquilino era un tipo responsable y había dejado el piso razonablemente limpio. Tan pronto como colgué mi ropa en el armario, coloqué mis libros y discos en las estanterías e instalé el equipo de música en el salón, ingresé en mi nueva vida como si hubiera sido siempre la única. Me dije que lo mejor era no mirar atrás y me funcionó. De hecho, no me había sentido tan tranquilo y en paz en muchísimo tiempo.

Y enseguida dejé de soñar con el tren.

Soñaba con las cosas de siempre, con que todavía llevaba suspendidas las matemáticas del instituto o con que se me caían los dientes. Ni asomo de trenes, ni expresos ni Talgos ni AVES. Mi universo ferroviario se esfumó junto con mi relación matrimonial. Al principio echaba de menos esos viajes a ningún sitio en compañía de extraños que no me dirigían la palabra. Más tarde, los olvidé por completo.

Me instalé en una existencia apacible en la que cada jornada era una copia de la anterior.

Ni grandes proyectos, ni comportamientos estrafalarios, ni juergas fuera de control. Una vez superada la desorientación de los primeros días, las piezas encajaron con una facilidad asombrosa. Me apunté a un gimnasio y a una web de citas. También a un taller de escritura on-line. Con eso, algunos encuentros con amigos, mis libros y mis discos, descubrí que mi vida era perfectamente funcional. Y puede que también irrelevante. Pero a mí me bastaba.

¿Y qué hay del amor?

Ni estaba ni se le esperaba.

Una vez resueltos los asuntos financieros del divorcio, apenas volví a acordarme de mi exmujer. ¡Y pensar que durante las semanas previas a la separación estaba convencido de que iba a perder al amor de mi vida! Aquello no había sido amor, tan solo un subproducto del miedo.

Un fantasma.

Nada.

Y así han transcurrido varios años.

Sin embargo, hace unas semanas volví a soñar con trenes.

Pero me he expresado mal. Porque lo que debería decir es que cada noche vuelvo a aparecer en el tren de antes, en el borreguero. Concretamente, en el mismo vagón, con las mismas fotos descoloridas de los mismos tres puentes.

Aunque hay cambios importantes.

Ahora viajo de noche y estoy solo en el compartimento.

Estos sueños ya no son un refugio. Resultan angustiosos y se parecen mucho a una pesadilla.

Y se hacen eternos, como eternos me parecían aquellos viajes en los lentos trenes de mi infancia.

Durante el sueño, mi único entretenimiento es dejarme acunar por el traqueteo del tren, esa percusión rítmica que tanto invita a quedarse dormido. Con la salvedad de que no es posible dormir dentro de un sueño, que yo sepa. Pero el traqueteo ayuda a vaciar la mente, lo que alivia la espera. Mirar por la ventanilla, en cambio, resulta frustrante. Lo único que se observa es la negra noche aferrada al vidrio. La luz mortecina del compartimento permanece encendida, lo que me permite contemplar mi reflejo. Mi cara en el sueño es, en esencia, la que me devuelve el espejo cuando estoy despierto. Es una pena. Me gustaría poder cambiar de fisonomía en los sueños. Ocupar otros cuerpos, otros rostros, otras vidas. Pero este sueño del tren tiene normas muy estrictas, límites que no se pueden traspasar.

Aunque enseguida empecé a notar cambios.

Me di cuenta de que la oscuridad del exterior ya no era uniforme. A veces se distinguían luces fugaces. Las primeras eran destellos aislados, puntos luminosos en mitad de la oscuridad. Enseguida empezaron a agruparse. La impresión era que había pequeñas poblaciones a lo lejos. Por último, el tren comenzó a atravesar estaciones. Al principio eran simples apeaderos, pero pronto aumentaron de tamaño. No había gente en los andenes ni se distinguía el nombre de las poblaciones, pero me pareció una buena señal.

Tal vez, después de todo, este viaje interminable tuviera un destino, un propósito.

Hace dos noches soñé con ella.

Viajaba conmigo en el tren. Estaba sentada frente a mí. En el mismo compartimento.

No hablamos, pero nos contemplamos con curiosidad y con simpatía.

Se le notaban un poco los años que han pasado. Había arrugas en torno a los ojos y a la boca que yo no recordaba. Pero estaba guapa. Se había recortado el pelo en una media melena que le sentaba bien.

Me habría gustado decirle algo, pero las palabras no están contempladas en las normas de este sueño. De todos modos, no hizo falta. Me sentía cómodo con ella, y creo que la sensación era mutua.

Al despertar, marqué su número. Me contestó al primer tono.

—Esta noche he soñado contigo —le dije a modo de saludo.

—Déjame adivinar. ¿Íbamos juntos en un tren?

—¿Cómo lo has sabido?

—¿No te acuerdas? Cuando éramos novios soñabas siempre con trenes. Tú y yo viajando juntos en un tren. Uno de esos viejos trenes de antes.

—Se me había olvidado —confesé.

—Ya...

El hilo del que pendía aquella conversación era tan delgado como la hebra de una telaraña, pero quise aferrarme a él.

—¿Estás bien?

—He estado mejor.

Su voz sonaba tenue, fatigada.

—¿Qué te ocurre?

Hubo una pausa.

—Mira. Mejor lo dejamos. Adiós.

Y colgó.

Acto seguido llamé a una amiga común. Había perdido el contacto con ella a raíz del divorcio. Ojalá no me colgara también.

No lo hizo. Hasta parecía contenta de oírme.

Intercambiamos breves saludos y cortesías. Enseguida le pregunté por mi ex.

—Ah, ¿pero no lo sabes?

—¿Qué debería saber?

—Está enferma. Muy enferma.

Mencionó el nombre de cierto linfoma del que yo nunca había oído hablar. Me dijo que llevaba ya un tiempo con cuidados paliativos, que era cuestión de semanas o de meses. También me dijo que estaba sola.

Anoche volví al tren y ella estaba sentada de nuevo frente a mí. La encontré más atractiva incluso que la noche anterior. Pero recordé que se trataba de un sueño, y que en el mundo real su aspecto debe de ser muy distinto. Me invadió la nostalgia. Y también una tristeza tan negra como la noche que reinaba en el exterior.

Decidí que no quería verla fuera del sueño, y creo que ella lo supo de inmediato, sin necesidad de palabras

Me miró con una expresión tan intensa como indescifrable. Quise hablarle, pero no pude. No es que mis labios estuvieran pegados, sino que la capacidad de hablar me había sido negada en aquel sueño. Como la de hacer que el tiempo retrocediera para poder reparar ciertos errores. O la de conocer el destino del viaje.

Lo único que sabía era hacia dónde se dirigía ella.

Me cambié al asiento de enfrente y me senté a su lado. Le extendí mi mano y ella la aceptó. Nuestros dedos se enlazaron en un intrincado nudo. Mi exmujer inclinó la cabeza y la posó sobre mi hombro.

Nos dejamos acunar por el traqueteo del tren.

No sé cuántas estaciones faltan para que ella tenga que apearse. Puede que su parada sea la siguiente.

Pero no pienso consentir que haga sola el resto del viaje.

EL SUICIDIO DE EVELYN MCHALE

El día 1 de mayo de 1947, una mujer de 23 años llamada Evelyn McHale se arrojó desde el mirador situado en el piso 86 del Empire State Building. Después de una caída de 320 metros, el cuerpo de la joven impactó contra el techo de una limusina aparcada junto a la acera. El estudiante de fotografía Robert Wiles inmortalizó la escena tan solo cuatro minutos después. La instantánea, publicada en el número siguiente de la revista Life, pasaría a la historia con el título extraoficial de «El suicidio más hermoso del mundo».

* * *

Sonó como un trueno.

Como si Dios Todopoderoso se hubiera tirado un pedo colosal en medio de la Quinta Avenida.

Hubo un revuelo de voces y de gente que corría en todas direcciones, pero a mí me habían enseñado que un buen reportero gráfico mantiene la calma hasta en las circunstancias más jodidas.

Primero dijeron que era una bomba.

Luego que había sido una explosión de gas.

Por fin alguien señaló hacia el otro lado de la calle y pudimos ver lo que realmente había ocurrido.

Una limusina con el emblema de las Naciones Unidas pintado en la puerta. Los cristales de las ventanillas, reventados. El techo, hundido. Como si el mismísimo King Kong le hubiera caído encima después de precipitarse desde lo alto del Empire State.

Pero no había sido un gorila gigante, sino una mujer. Una chica bastante joven tirando a menuda. El resto lo había hecho la fuerza de la gravedad.

La gente empezaba a congregarse entorno a la limusina. Oí que un tipo gritaba «¡hostia puta!» sin parar, como un maníaco. Otros reclamaban una ambulancia o pedían a gritos la intervención de la policía. Oí un llanto femenino. Oí que alguien rezaba el Padrenuestro. Comprendí que dentro de poco aquel sería uno de los puntos más concurridos de Manhattan.

No me lo pensé dos veces.

En el Instituto de Fotografía había aprendido la importancia de hallar el encuadre y el ángulo correctos, de modo que trepé al capó de un Packard estacionado detrás y me puse de pie. Incluso puede que lo abollara. Todos miraban en otra dirección. Al principio, nadie reparó en lo incívico de mi comportamiento.

Contemplé la escena a través del visor de mi cámara, una Hasselblad 1600F de fabricación sueca. Era una cámara de putísima madre. La había comprado un par de meses antes en una casa de empeños. A pesar del precio de saldo para una cámara tan sofisticada y moderna, había gastado en aquel trasto casi todos mis ahorros, lo que resultó ser la decisión más sensata de mi vida. También fue providencial mi manía de no separarme nunca de ella y de tenerla siempre preparada y cargada.

En aquel momento no era muy consciente de la naturaleza de la fotografía que estaba tomando. Sencillamente actué por instinto, encuadré, enfoqué y disparé.

Ya se oía la sirena de un coche patrulla. Alguien me preguntaba qué coño hacía subido en el capó de su coche. Lo mejor sería largarme de allí echando hostias.

Al cabo de menos de una hora, estaba revelando la película en uno de los cuartos oscuros del Instituto de Fotografía, precisamente el lugar hacia donde me encaminaba cuando el cuerpo de la desdichada Evelyn McHale se incrustó en el techo de aquella limusina.

La imagen afloró paulatinamente cuando introduje el papel en la cubeta del revelador.

Estaba teñida de rojo, pero no por la sangre, sino por el tenue brillo de la bombilla que iluminaba el interior del laboratorio.

Fue un milagro. Como Jesucristo curando a un leproso. Mejor aún, como la Virgen María apareciéndose en la cueva de Lourdes.

Fue un milagro de la hostia.

* * *

Les vendí la foto a los de *Life* unos días después. La publicaron a página completa en la sección «La imagen de la semana». Me dieron 250 dólares por ella, casi lo que me había costado la cámara. No me podía creer la potra que había tenido. Con aquello debí darme por satisfecho.

Pero no.

La chica de la foto no se me iba de la cabeza.

No había sangre ni miembros doblados de forma antinatural ni el menor signo de violencia.

La chapa del techo de la limusina se había deformado para adoptar la forma de su cuerpo como si fuera su lecho fúnebre.

No parecía muerta, sino dormida. Como Blancanieves en su urna de cristal. Su cabeza se veía delicadamente ladeada. Los dedos de su mano izquierda acariciaban las cuentas de su collar. Los brazos doblados, como si estuviera a punto de desperezarse tras un largo sueño. La falda, recogida hasta justo por encima de las rodillas. Las piernas, grácilmente cruzadas. Las medias, bajadas hasta los tobillos, como si la hubieran sorprendido en el trance de quitárselas para hacer el amor.

Su cara era la de un ángel que se hubiera precipitado a la tierra porque se le había olvidado cómo volar.

Me enamoré de su cuerpo muerto tal y como lo había recogido el objetivo de mi cámara.

¿Morboso? ¿Desquiciado?

Es posible.

Pero en el momento en que el reactivo hizo surgir su imagen del papel, supe que mi vida había cambiado para siempre.

La fotografía atrajo mucha atención. También los hechos que había detrás. Pero, sobre todo, los hechos que faltaban. Los que podían explicar aquel desenlace.

Una chica de 23 años nacida en California. Un buen empleo como contable en una empresa de Manhattan. Un novio con el que pensaba casarse muy pronto y al que acababa de visitar. Se llamaba Barry, y Evelyn había pasado la noche con él en su casa, en una localidad cercana. Esa mañana, había tomado un tren para regresar a la ciudad. Caminó desde la estación de Pensilvania, en la Séptima, hasta el Empire State. Tras ascender al mirador de la planta 86, Evelyn se quitó el abrigo, lo dobló cuidadosamente y lo dejó junto a la barandilla. También dejó su bolso. Acto seguido se lanzó al vacío. Eran las 10:40 de la mañana y yo acertaba a pasar por debajo.

Dentro del bolso se halló una nota pidiendo que quemaran su cuerpo y que no se celebrara ningún servicio en su memoria. Decía que no era digna de su novio, que no era digna de nadie.

Aquello no tenía el menor sentido. Solamente si Evelyn hubiera sufrido algún tipo de perturbación mental. Y no parecía el caso. A juzgar por las declaraciones de su prometido para la prensa, esa mañana la había despedido con un beso cuando ella salió de su casa para ir a tomar el tren, a eso de las siete de la mañana. Barry le había dicho a los periodistas y a la policía que Evelyn le había parecido completamente normal.

¿Qué podía haber pasado desde que la chica había salido de casa de su novio hasta el momento en que decidió quitarse la vida?

En otras circunstancias no me habría importado un carajo.

Pero las circunstancias eran las que eran.

Yo había tomado aquella foto. Es cierto que la había vendido a una revista, pero eso no cambiaba el hecho en lo sustancial. La foto era mía. La imagen de Evelyn, embellecida por la muerte tras una caída de más de mil pies y un impacto brutal contra el techo de un coche, me pertenecía.

Una chica normal no cae desde lo alto de un rascacielos y deja un cadáver tan hermoso. Esa metamorfosis solo está al alcance de alguien extraordinario.

Alguien que no es del todo de este mundo.

Y aquella mujer muerta era mía. O al menos su imagen.

Era mi chica.

Y eso comportaba una responsabilidad.

* * *

Lo primero que comprendí fue que los horarios no cuadraban.

El 1 de mayo, día en el que Evelyn murió, era jueves. Y los días de diario los trenes con destino a la ciudad pasan con mucha frecuencia, especialmente durante las primeras horas de la mañana. Si había salido a las siete de casa de su novio y tomado el tren de cercanías para trasladarse a Nueva York, lo razonable era que hubiera estado en Manhattan en torno a las ocho. Las ocho y media, como muy tarde. La estación de Pensilvania y el Empire State apenas distan cinco minutos a pie. Sin embargo, eran pasadas las 10:30 cuando Evelyn saltó desde el mirador del rascacielos.

¿Qué había estado haciendo durante esas dos horas?

En Nueva York todos somos invisibles. Incluso una muchacha hermosa como Evelyn pasa desapercibida en una ciudad donde se hacinan varios millones de personas. ¿Cómo podía reconstruir el trayecto de Evelyn desde que se apeó del tren hasta el instante terrible en que saltó desde el rascacielos?

Los periódicos habían mencionado que Evelyn trabajaba en una empresa de grabado y artes gráficas domiciliada en Pearl Street, en el bajo Manhattan. De hecho, era allí donde había conocido a su prometido, Barry Rodhes.

Pensé que aquel era el mejor sitio para empezar mi búsqueda.

* * *

—No, Barry no ha venido a trabajar desde que ocurrió lo de Evelyn.

—Comprendo. Supongo que debe de estar muy afectado.

La chica me devolvió una mirada compungida.

—Todos lo estamos.

Se llamaba Sandra Paxton y había sido compañera de trabajo de Evelyn. Y también su amiga, según ella misma me reveló. No me costó convencerla para que almorzara conmigo. Tengo cierta facilidad con las mujeres. Les inspiro confianza. Ni siquiera le extrañó mi inusitado interés por Evelyn y las circunstancias de su muerte. Dio por buena mi mentira de que yo era un amigo de la familia. Concretamente de su hermano mayor, que vivía en California.

—¿Notaste algo raro en Evelyn últimamente?

Sandra sacudió enérgicamente la cabeza.

—En absoluto. Barry y ella tenían pensado casarse en junio. Estaba ilusionada. Estaba...

—¿Enamorada?

—Completamente.

Alcé la mano para pedir otro Martini. En el último momento caí en preguntarle a ella si también deseaba otra copa. La chica era guapa. En otras circunstancias, habría querido llevármela a la cama, y sin duda un Martini más habría ayudado. Pero aquel día tenía la cabeza en otra cosa, en otro lugar.

En una limusina Cadillac de las Naciones Unidas aparcada en la calle 37, al pie del Empire State.

—Su prometido. Barry. ¿Cómo es?

Ella se encogió de hombros.

—No sé. Un muchacho normal. Educado. Estuvo en Europa durante la guerra y volvió condecorado.

—¿Un héroe de guerra?

—A Evelyn, al menos, se lo parecía.

—Entonces, ¿no crees que él tuviera algo que ver con su... con su muerte?

Sandra se mostró escandalizada.

—¡Claro que no! ¿Qué insinúas?

—Nada extraño, por supuesto. Se me ha ocurrido que quizás Barry podría haber cometido algún desliz. Una novia despechada y celosa puede tomar malas decisiones.

—Evelyn no era así —declaró ella con el ceño fruncido—. No era ninguna loca. Y, desde luego, Barry no es un sinvergüenza. Habría sido incapaz de herirla de esa manera. Ellos se amaban.

Sandra había pronunciado la última frase con la misma convicción que si acabara de afirmar que la Tierra giraba alrededor del Sol.

De repente tuve la sensación de estar perdiendo el tiempo.

Desde luego, no podría ganarme la vida a lo Philip Marlowe.

Un último intento:

—¿Sabes si pensaba ir a algún sitio antes de... bueno... de que pasara lo que pasó?

La excompañera de Evelyn entornó los ojos para hacer memoria.

—Bueno, sí. Estaba reuniendo los documentos para la boda. Tenía que recoger el resultado del análisis de sangre.

—¿Recuerdas en qué hospital?

—En el Bellevue.

¡Bingo! Le habría dado un morreo allí mismo. Pero tenía cosas urgentes que hacer.

* * *

En el estado de Nueva York (de hecho, en casi todos los estados de la Unión) es obligatorio que ambos miembros de la pareja presenten un análisis de sangre reciente para poder contraer matrimonio. Evelyn iba a casarse en junio y estaba haciendo los deberes.

Hacerse con los resultados de aquel análisis no iba a ser fácil. Quizás podría intentarlo en el depósito de pruebas de la comisaría de la zona, pero decidí que sería una pérdida de tiempo.

Metí un billete de cincuenta dólares dentro de un sobre y me fui directamente al hospital. Una vez allí, busqué al celador con más pinta de granuja.

Di en el clavo. Pero me costó veinte dólares más.

Ya en la calle, desdoblé la copia del análisis que Evelyn había recogido en la mañana del 1 de mayo, apenas una hora antes de su muerte. Llevaba su firma trazada con letra redonda, letra de colegiala. La letra de una mujer feliz y esperanzada que está a punto de dejar de serlo.

Mi mirada se deslizó por una columna de cifras, ninguna de las cuales me pareció relevante.

Por último: «*Treponema pallidum* —anticuerpos— positivo fuerte».

Ahí estaba. Ese era el horrible monstruo que había perseguido a Evelyn hasta el mirador del Empire State y la había hecho saltar.

Mi chica preciosa, mi chica muerta, había dado positivo en sífilis.

La enfermedad de las putas.

Pero me negaba a creer que ella fuera una puta.

* * *

—¿Barry Rhodes?

El tipo asintió.

Sandra había descrito a Rhodes como un chico normal. A mí, a primera vista, ya me pareció un gilipollas. Claro que los tíos tenemos un sexto sentido para detectar cuando otro tipo es un gilipollas, un instinto del que carecen las mujeres. Nos basta con fijarnos un poco, con escuchar con algo de atención. Pero aquel fulano me pareció un gilipollas de manual sin necesidad de que dijera una palabra. Tampoco ayudó el hecho de que me abriera la puerta en calzoncillos y apestando a alcohol.

Le dije que trabajaba para la revista *Life* (lo que no era mentira del todo), y que era el autor de la foto de Evelyn en la limusina (lo que era totalmente cierto). Le conté que estaba preparando un reportaje sobre el suicidio entre personas jóvenes (esto era mentira podrida), una especie de testimonio que sirviera para prevenir esa lacra social. Evelyn iba a ser la cara visible del reportaje, que se iba a convertir de ese modo en un panegírico en su honor. Llevaba mi cámara conmigo, como siempre, lo que dio solidez a mi historia.

Me hizo pasar a un apartamento que olía como si hubiera un gorila encerrado. Una pila de platos apestosos sobresalía del fregadero. Había prendas de ropa tiradas por todas partes. Incluso un sujetador que quizás había pertenecido a Evelyn.

Odié a aquel sujeto con toda mi alma.

—¿Y bien?

No pensaba darle cuartel:

—Evelyn, su prometida, tenía sífilis. Se mató porque acababa de enterarse de que tenía sífilis.

Me miró como si le estuviera hablando en suajili. Saqué la copia del análisis de Evelyn del bolsillo y se la ofrecí para que lo viera con sus propios ojos.

—Sífilis —murmuró—. ¡Dios mío!

Se dejó caer sobre un sofá y se tapó la cara con ambas manos.

Yo me quedé de pie.

—¿Cómo piensa que pudo ocurrir? ¿Cree que ella le fue infiel?

—¿Evelyn? —respondió con gesto ultrajado, como si yo acabara de pronunciar una blasfemia—. ¡Joder, no!

Saqué mi bloc y busqué una anotación en concreto.

—«Mi prometido quiere que nos casemos en junio —leí—. Yo no sería una buena esposa para él ni para nadie. Está mucho mejor sin mí. Me parezco demasiado a mi madre.»

—Su nota de suicidio —murmuró Barry.

—¿Por qué cree que escribió eso? —pregunté—. ¿Su madre fue una adúltera? ¿Una cualquiera?

—No... que yo sepa.

—¿Entonces?

En ese momento, una nube ocultó el sol y el hediondo apartamento se sumió en la penumbra.

—Su madre murió de... de esa enfermedad. Se volvió loca y por último murió. Debió de sufrirla durante buena parte de su vida. Evelyn seguramente pensó que se la había transmitido al nacer. Y que también ella acabaría enloqueciendo y muriendo.

Traté de imaginar cómo había sido aquella mañana del 1 de mayo. El momento en que ella había salido de aquel apartamento pensando en su inminente boda y en el futuro resplandeciente que le esperaba junto a su esposo. Después, el fatídico análisis y sus ilusiones hechas añicos. Una bata de hospital en lugar de un vestido de novia. Su cuerpo cubierto de úlceras y su mente devorada por la enfermedad. A lo lejos, el Empire State debió de parecerle un camino hacia la salvación.

O al menos hacia el olvido.

—¿Cree que fue así? —pregunté—. ¿Le parece posible que la enfermedad haya permanecido latente durante 23 años sin dar síntomas de ningún tipo? No soy médico, pero lo considero poco probable.

Barry enterró de nuevo la cara entre las manos. Su llanto sonaba como el chillido de una rata. Una rata muy muy grande.

—¡Fui yo! —gimoteó.

—¿Usted le fue infiel? ¿Se acostó con otra?

Lo habría matado en aquel mismo instante, pero quería conocer la historia en todos sus sórdidos detalles.

—Fue en otoño del 43, cuando llegamos a Nápoles. Las chicas se nos ofrecían a cambio de cigarrillos, a cambio de chicles. O simplemente por gratitud. Un tiempo después me salió aquella especie de pústula en mis partes. Pero me pusieron penicilina. ¡Me aseguraron que estaba curado!

Y de ese modo quedaba cerrado el círculo. Durante la guerra, un soldado había abusado de una mujer en Italia. Cuatro años después, una muchacha inocente moría de una forma espantosa porque aquel subnormal no había sido capaz de mantener la polla dentro de los pantalones. ¡A saber a cuántas mujeres más habría contagiado! Aunque las otras, a decir verdad, me importaban una mierda.

—Usted no contará nada de esto en su reportaje, ¿verdad? —me suplicó con gesto de desconfianza.

A buenas horas se arrepentía de sus confidencias.

—No se preocupe. El mundo no necesita saber nada de todo esto. ¿Le importa que le haga una foto?

Pareció sorprendido pero reaccionó enseguida. Se puso de pie, fue hacia el armario y se vistió con una camisa limpia y un pantalón. Acto seguido se pasó un peine por el pelo. Pensé que se iba a afeitar también, pero no hizo falta meterle prisa.

—¿Dónde me coloco? ¿Aquí delante de la ventana?

Miré su imagen invertida por el visor de la cámara.

El muy imbécil estaba sonriendo.

Mi Hassenblad con chasis de acero me tembló en las manos. Pesaba sus buenos dos kilos. Con gusto se la habría estampado a aquel mamarracho en toda la jeta, pero me había costado demasiado dinero.

Me limité a aplastarle las narices de un puñetazo.

* * *

Luego supe otras cosas que habría preferido no saber.

Supe, por ejemplo, lo que había pasado cuando retiraron el cadáver de Evelyn. Resultó que su aspecto intacto era pura apariencia. El golpe había deformado el techo de la limusina dándole la forma de su cuerpo. Lo había transformado en una especie de molde. Cuando los de la funeraria alzaron el cadáver, ocurrió lo mismo que cuando se recoge un huevo que se nos ha caído al suelo. Las entrañas de Evelyn, literalmente, se desparramaron sobre el techo del coche.

Yo no necesitaba saber esto.

Tampoco necesitaba saber de los cinco suicidios que tuvieron lugar en el mismo sitio en el transcurso de pocos días, a imitación del de Evelyn. Supongo que ninguno de aquellos desgraciados dejó un cadáver tan hermoso como el de mi chica.

Ella fue la única capaz de dejar una nota de belleza entre tanta mierda.

Aunque algo tuve yo que ver.

A mis 62 años ya he pasado por tres divorcios. Durante toda mi vida he tratado de encontrar a Evelyn en otras mujeres. Sin conseguirlo. Ninguna se le acerca. He fracasado al intentar encontrar una mujer viva que se pareciera lejanamente a una chica muerta que vislumbré brevemente a través del visor de mi cámara. De esto hace más de cuarenta años.

Se podría decir que mi breve encuentro con Evelyn McHale me jodió la vida.

Y, sin embargo, no lo cambiaría por nada.

Aquella mañana, el dedo de Dios me señaló para captar un instante de belleza perfecta.

A veces pienso en ello y todo cobra sentido.

INTERIORISMO

Esta casa no deja de asombrarme.

Anoche, como de costumbre, me acosté en mi cama. A las tres de la mañana desperté con ganas de orinar pero no logré llegar al váter. La puerta del baño me condujo a un bosque que, por lo espeso y tenebroso, podría haber sido el de Hansel y Gretel. Quizás otro en mi situación se habría meado encima del susto. Yo me limité a aliviarme contra un árbol y a volver a mi dormitorio. Pero, ay, tampoco encontré mi dormitorio. Su puerta conducía ahora a una cabaña de troncos, una especie de refugio de cazadores, a juzgar por las trampas que colgaban de la pared. Por la ventana se divisaba un paisaje nevado con montañas al fondo que igual podría haber estado en Noruega que en Alaska. Había una chimenea y leña abundante, de modo que encendí un fuego y me adormilé en un pequeño catre. No hubo incidentes ni encuentros indeseados. Desperté bastante descansado, di tres pasos y... ¡zas! Estaba de vuelta en mi casa.

Así es como ocurre:

Mi piso es pequeño, apenas setenta metros cuadrados en un edificio de protección oficial. Pero al mismo tiempo es tan grande como el mundo. Una vez, para ir a la cocina, tuve que caminar varios cientos de metros a lo largo de la Gran Muralla. El pequeño armario trastero hace meses que me está vedado, porque su puerta se empeña en darme acceso a cualquier sitio menos al bendito trastero. La semana pasada me llevó a Central Park West, frente al edificio Dakota. Había un grupo de fans poniéndole flores y velas a John Lennon. Aproveché y me uní a ellos para cantar *Imagine* a coro. Ayer mismo volví a probar suerte con el trastero. Guardo allí unas pantuflas de invierno que me vendrían muy bien con estos fríos, pero la puerta me condujo junto al borde de un acantilado. Suerte que el viento soplaba hacia la tierra, porque si llega a empujarme hacia el mar, no lo cuento. El GPS del móvil me reveló que me encontraba en la isla de Barra, una de las Hébridas Exteriores, al oeste de Escocia.

Este piso es una versión futurista del Google Earth, cuando la aplicación incorpore, no solo la capacidad de visualizar casi cualquier sitio del globo, sino la posibilidad de transportarte a él de forma instantánea y en carne y hueso. La mayoría de las veces, los umbrales de mi pequeño piso me conducen al baño, a la cocina o al dormitorio. Pero en algunas ocasiones me trasladan (literalmente) a cualquier lugar, sin que mi voluntad tenga nada que ver con ello. Lo único que he podido observar es que cada puerta parece estar vagamente relacionada con una determinada área geográfica. La del dormitorio, por ejemplo, favorece las latitudes boreales, aunque con un margen amplísimo que puede oscilar entre la bahía de Hudson y la región norte de Laponia. La puerta del salón, sin embargo, muestra cierta preferencia por las regiones tropicales, lo que hoy puede ser la cuenca del Orinoco y mañana alguna playa de Indonesia. Pero todo esto lo afirmo con gran precaución, pues hay grandes márgenes de error, y el azar sigue jugando un papel esencial en el lugar de destino. No hace mucho, la puerta del dormitorio me depositó en medio de una colonia de pingüinos, cuando es bien sabido que no hay pingüinos en el hemisferio norte. El miércoles pasado, sin ir más lejos, quise tumbarme un rato en el sofá del salón y me encontré en un valle dominado por un macizo montañoso impresionante que resultó ser el Annapurna, como me confirmó un lugareño que no se mostró sorprendido por mi aparición en batín y pijama. Cosas más raras se habrán visto por aquellas tierras.

No siempre ha sido así. Cuando Ángela y yo firmamos la hipoteca de este cuarto piso en una ciudad dormitorio, con ascensor pero sin plaza de garaje, pensamos que estábamos comprando una vivienda normal y corriente. La idea era reformarla en la medida de nuestras posibilidades, criar aquí a nuestro primer hijo y, con el tiempo, venderla y mudarnos a un adosado. La reforma se llevó a cabo y el piso quedó bastante bonito. El primer hijo, no obstante, no llegó porque a Ángela nunca le parecía buen momento. Se quejaba mucho de las injusticias laborales a las que están sometidas las mujeres. Pretextaba que si se quedaba embarazada perdería su trabajo. Supongo que no le faltaba razón, pero lo que había en el fondo de aquel asunto era que yo quería tener hijos y ella no. O a lo mejor quería tenerlos, pero no conmigo. Yo insistía, ella se salía por la tangente, yo volvía a la carga, y ella despotricaba contra el heteropatriarcado. Al final, cuando pensé que ya había logrado convencerla, descubrí que su blíster de anticonceptivos estaba tan al día como el calendario de su móvil. Quise tomarme aquello racionalmente, intenté hablarlo con ella con toda la calma del mundo, y la respuesta que me dio fue que estaba enamorada de alguien del trabajo y que quería divorciarse. En cuanto al piso, me lo podía quedar. Me aseguró que me iba a dar todas las facilidades para que yo la compensara por lo que llevaba invertido en él. Y lo cumplió. Más o menos. Incluso así, el piso se convirtió en una carga casi insoportable para mi sueldo de funcionario de la categoría C. Los recibos de la hipoteca me obligaron a prescindir de todo lo que no fuera ir de casa al trabajo. Ni salidas con los amigos ni viajes ni ocio. Ni siquiera una miserable entrada de cine me podía permitir. Hasta me tuve que dar de baja de la conexión a internet. Me convertí en un prisionero de mi hipoteca. Creí que me iba a volver loco. Y entonces fue cuando la casa vino en mi ayuda.

O eso pensé yo al principio.

La primera indicación de que algo inusual estaba ocurriendo la tuve hace tres años, cuando la pandemia decretó arresto domiciliario para todos. Durante varios días había llovido de forma insistente y, cuando por fin asomó un tímido sol de abril, decidí aprovechar la bonanza mientras durara. De modo que salí a la pequeña terraza para absorber aquel regalo luminoso. Pero lo que me encontré fue algo muy distinto de lo que me esperaba. Aquel panorama majestuoso no guardaba la menor similitud con la modesta plaza de árboles raquíticos y columpios desvencijados que había ante mi edificio. Para empezar, ya no estaba asomado al balcón de un cuarto piso, sino a un mirador suspendido a una altura de cientos de metros sobre el cañón de un río que serpenteaba en el fondo. Los bloques de pisos se habían convertido en formaciones de piedra arenisca de color rojizo. Unas docenas de metros más abajo, un águila aprovechaba las corrientes térmicas para sobrevolar el río sin mover una sola pluma. Sentí un vértigo repentino agravado por una violenta sensación de irrealidad. Di dos pasos hacia atrás con los ojos cerrados. Los volví a abrir cautelosamente y me encontré de nuevo en mi salón. Tomé aliento y me asomé a la terraza de nuevo. Nada. Es decir, la placita de los columpios y los árboles raquíticos. Todo había sido una alucinación inspirada en el National Geographic.

Mentiría si dijera que no le di importancia. La visión de aquel cañón (quizás el del Colorado) había sido tan vívida como si de verdad hubiera sido transportado allí. Es más, había notado también un cambio súbito de la temperatura, que momentáneamente se había incrementado varios grados (como correspondería al desierto de Arizona) y un hondo silencio en nada característico de mi populoso barrio, incluso durante los días del confinamiento. De modo que me preocupé, y mucho, porque las alucinaciones no son un síntoma que se deba tomar a la ligera. Después pasaron varios días sin novedades y me fui olvidando poco a poco del asunto.

Hasta que la puerta de mi baño me dio acceso directo a las cataratas de Iguazú.

Y ese mismo día, cuando me disponía a llamar al 112 y a pedir asistencia psiquiátrica, abrí la puerta de la habitación del niño (en mi interior siempre la había llamado así, aunque lo que allí tenía instalado era un pequeño estudio) y me encontré en Benarés, caminando por la orilla del Ganges mientras un olor espantoso a carne quemada me cortaba la respiración.

En los días sucesivos fui descubriendo la magnitud de los poderes de la casa para trasladarme a cualquier lugar del mundo, de forma instantánea y sin más dificultad que la que encontraría en traspasar el umbral de una puerta cualquiera. Al margen de la imposibilidad de elegir el destino y el momento del viaje, no parecía existir ningún otro límite. Cada puerta de la casa conduce a la habitación que hay detrás o bien a cualquier otro lugar del planeta. Aceptado este hecho y las pequeñas incomodidades que se derivan de él, el resto fue cuestión de dejarse llevar y tratar de disfrutarlo.

Aunque lo de «pequeñas incomodidades» tal vez no sea la forma más precisa de referirme a algunos de los trances en los que me he visto a causa de las peculiaridades de mi vivienda. Es cierto que solamente me ha ocurrido una vez, pero algún fallo en el funcionamiento de la casa provocó que, en lugar de ser trasladado a algún lugar de tierra firme, me encontrara de repente flotando en mitad de un mar, sin la menor insinuación de costa a la vista. Por suerte, no soy mal nadador, el agua era cálida y no estuve allí el tiempo suficiente como para llamar la atención de los tiburones. Mucho peor fue aquel otro fallo que me trasladó, a través de la puerta del dormitorio, hasta una cordillera helada que perfectamente podría haber estado en la Antártida... con la salvedad de que me materialicé a cientos de metros de altura, cayendo como una piedra sobre aquellos picos helados. Fueron solo unos segundos antes de que la casa me devolviera a mi lugar de origen, pero estuve a punto de morir de miedo, de frío o a causa de la falta de oxígeno. O quizás por una combinación de los tres factores.

He estado muy cerca de ser aplastado por una manada de elefantes y devorado por una familia de leones (no en el mismo día). Los cazadores de cierta tribu amazónica sin apenas contacto con la civilización se empeñaron en acribillarme con sus flechas untadas en curare sin atender a explicaciones. He visitado la catedral de Notre Dame justo antes de que su techumbre cayera derribada por efecto del célebre incendio. En Sumatra, un mosquito me inoculó el paludismo, lo que me supuso una semana de hospital y muchas explicaciones engorrosas. En las montañas del Congo, un gorila de espalda plateada me tomó por un macho rival y cargó en mi dirección con la clara intención de arrancarme la cabeza. Por suerte, la casa me sacó de su trayectoria justo en el último instante.

Y también me han roto el corazón.

La primera vez que la vi fue en un suburbio de Nueva Delhi, quizás el lugar menos romántico del mundo para encontrar el amor. Aunque puede que ese fuera precisamente el motivo por el que me fijé en ella: el marco era tan cochambroso que una mujer como Lucía tenía que destacar por fuerza, como una flor surgida de repente en medio de un estercolero. De hecho, lo que más abundaba en aquella calle de la segunda ciudad más populosa de la India era el estiércol, que cubría casi cada rincón junto con la basura de origen humano. El estiércol y las moscas. Y la gente, por supuesto, una muchedumbre tan densa que resultaba difícil distinguir a los individuos, tan vigorosa que parecía rugir con una única y poderosísima voz. En el instante en que aparecí, la vi plantada en mitad de la calle. Tenía cara de estar muerta de miedo, nada sorprendente teniendo en cuenta el enjambre de vehículos que la circundaba. Había bicicletas, ciclomotores y carritos, pero también camionetas de reparto y taxis destartalados de grandes dimensiones, todos ellos circulando conforme a la única norma de tráfico existente allí, que era el sálvese quien pueda. Cualquiera de aquellos lunáticos al volante podría haberla atropellado sin detenerse, sin mirar siquiera atrás. No me lo pensé ni un segundo: me lancé hacia ella y la saqué de aquel torrente furioso que era la calzada. Acto seguido la tomé del brazo y la llevé a un rincón algo más tranquilo.

—¡Yo te conozco! —exclamó ella en perfecto castellano—. ¡Tú eres mi vecino del cuarto!

Casi me caigo redondo al darme cuenta de que yo también conocía a aquella chica. Había coincidido con ella varias veces en el ascensor. Incluso sabía que se llamaba Lucía, pues había oído su nombre en muchas ocasiones a través del patio interior.

Comprendí al momento que el hecho de encontrármela allí, en la otra parte del mundo, no podía ser una mera casualidad. El mío no era el único piso del bloque capaz de teletransportar personas al otro extremo del planeta. La vivienda de Lucía, justo debajo de la mía, poseía el mismo poder.

—¿Cuándo lo descubriste? —le pregunté consciente de que cualquier preámbulo estaba de más.

—Hace un par de meses —respondió—. Las primeras veces que ocurrió pensé que me había vuelto loca. A mi marido no le pasa. Solo funciona conmigo. Y contigo, por lo que veo. ¿O crees que ambos estamos locos, Diego?

Me sorprendió que supiera mi nombre. Y al mismo tiempo noté un repentino calor en el pecho y en la cara. La contemplé tratando de no intimidarla. Tan joven, tan hermosa, tan desvalida. La muchedumbre hormigueaba a nuestro alrededor, pero para mí aquel instante contenía una intimidad enorme. Ella estaba tan cerca de mí que estuve a punto de abrazarla. Un abrazo de amigo, o al menos de vecino, para que se sintiera más protegida. Al final no lo hice.

Pero nos volvimos a encontrar. Por algún motivo, la casa (mejor dicho, el edificio) había decidido cruzar nuestros caminos. Lucía y yo hemos paseado juntos por las calles de Dublín y de Punta Arenas. Hemos compartido un tartufo en la Piazza Navona. Hemos visto amanecer desde lo alto de un acantilado en Maui. Una vez, por fin, la abracé. Las circunstancias me obligaron. Nos encontramos en medio de un paraje helado, sin la menor traza de vegetación ni lugar donde refugiarse. Ella llevaba puesto un pijama de verano y tiritó violentamente entre mis brazos durante los dos o tres minutos que la casa tardó en devolvernos a nuestros respectivos puntos de partida. En otra ocasión, caminamos un buen rato tomados de la mano. No puedo precisar dónde estábamos. Era un prado salpicado de flores blancas, con colinas al fondo y un cielo que parecía pintado a acuarela. El lugar era tan hermoso como sacado de las páginas de un calendario, y tomarnos de la mano se nos figuró la opción más natural del mundo. Al menos a mí, aunque ella no rechazó la mano que le tendí.

Decidí armarme de valor y presentarme un día en la puerta de su casa cuando su marido no estuviera. Ella no tenía hijos. Yo, tampoco. Dadas nuestras especialísimas circunstancias, lo más lógico parecía emprender una vida juntos, bien en su casa o bien en la mía. O incluso conectar ambas con una escalera, convertir nuestras dos viviendas en un dúplex que al mismo tiempo sería el medio de transporte más asombroso de todos los tiempos.

Nunca llegué a materializar mis planes. Lucía y su esposo vendieron su piso y se mudaron. Un día encontré el camión de mudanzas en la puerta del edificio. Ella estaba junto al vehículo, dándoles instrucciones a los operarios. Ni siquiera me miró, como si nuestros viajes juntos nunca hubieran ocurrido.

Durante dos días no salí de la cama. Al tercero, mi instinto de supervivencia ganó la partida y me dirigí a la cocina, donde saqueé el frigorífico, aunque no de inmediato, porque la puerta de mi nevera se empeñaba en conducirme a alguna isla del Egeo que yo no tenía la menor intención de visitar.

El 3º B ha permanecido desocupado desde que Lucía y su marido se marcharon. Quizás yo también debería irme y olvidarme de esta insensatez que es mi vida, de este nomadismo agotador de puertas para adentro. Lo que no sé es si serviría de algo. Quiero decir, ¿el problema es la casa o soy yo? ¿Quién me dice que no me ocurriría lo mismo dondequiera que me mudara? Quizás se trate de una especie de enfermedad contagiosa. La pregunta es si el contagio ocurre entre personas o entre viviendas. ¿Fui yo quien contagié a Lucía o fue mi piso el que contagió al suyo? Aunque también pudiera ser que existan los contagios cruzados entre personas e inmuebles. Si así fuera, una casa podría infectar a una persona, y viceversa. Tal vez debería indagar un poco más. Hace algunas semanas murió una anciana que vivía sola en el quinto. Tuvieron que venir los bomberos y forzar la cerradura para que se pudieran llevar el cadáver. A la pobre señora no me la he encontrado en ninguno de mis viajes. De hecho, llevaba meses sin coincidir con ella en el ascensor. Pero no me costaría mucho trabajo colarme en su piso, ahora que está vacío, y comprobar si sus umbrales funcionan también como el teletransportador de la nave estelar *Enterprise*. Podría hacerlo y, sin embargo, no me apetece.

La verdad es que, desde que Lucía se mudó, no me apetece nada.

Ni siquiera siento el deseo de volver a encontrármela en algún lugar del ancho mundo. Si eso ocurriera, creo que haría como que no la veía. Aunque fuese en mitad de la tundra siberiana y no hubiera nadie a nuestro alrededor. Incluso así, haría como que ella no estaba.

Igual va siendo hora de que confiese que no me encuentro bien.

Mi médico me ha diagnosticado depresión y me ha recetado unas pastillas que, según me asegura, son mano de santo. Por supuesto, no me las voy a tomar. También me ha dado una baja laboral indefinida. Eso ya me parece mejor.

Me huele que la casa sabe que estoy deprimido. Quizás me lea el pensamiento o funcione en sintonía con mi estado de ánimo.

En las últimas semanas, se ha empeñado en llevarme solamente a lugares desolados e inhóspitos, como si quisiera mantenerme en cuarentena, alejado de mis semejantes. Empiezo a perder la cuenta de los páramos, islotes y desiertos helados que me ha hecho recorrer, sitios donde soy el único ser humano en cientos de kilómetros a la redonda. Cualquiera de estos días me mandará a hacerles compañía a los cadáveres de los exploradores polares que fracasaron en su intento.

Empiezo a tener miedo.

Por eso finjo que no me siento tan mal como estoy realmente.

Me mantengo ocupado. Hago la limpieza, bajo con regularidad al supermercado de la esquina, cocino siempre que puedo (es decir, siempre que encuentro la cocina), y hasta he empezado a tomar fotos de los sitios a los que viajo, como si fuera un turista fascinado por el exotismo de los lugares que visita.

Pero algo me dice que la casa no se deja engañar.

La desolación creciente de los lugares a los que me lleva empieza a alarmarme. Es como si este piso quisiera deshacerse de mí, como si ya no le sirviera.

A lo mejor un día le da por asesinarme y me deposita a 5.000 metros de profundidad bajo el océano Índico, donde la presión me haría reventar como un huevo arrojado contra una pared de ladrillo. O me lleva a la estratosfera y me abandona allí para que me estrelle contra el suelo diez minutos más tarde.

O me envía a la luna sin traje espacial.

Hay tantos modos en que la casa podría deshacerse de mí que tiemblo solo de pensarlo.

No quiero acabar convertido en un náufrago o en un cadáver anónimo.

Hay veces en que, por puro miedo, me quedo en la misma habitación durante días. Hago acopio de víveres y agua, uso un cubo para hacer mis necesidades y no me muevo.

Mientras me quede quieto en una habitación, estaré a salvo.

Pero algo me dice que esta no es la manera de solucionar mis problemas.

Quizás debería salir y ver gente. Y no me refiero a bosquimanos o esquimales. Sino a mis vecinos. A las mamás que empujan a sus hijos en los columpios de la plaza. A los jubilados que juegan a la petanca. Incluso a los chavales del botellón en las noches del fin de semana.

Tengo entendido que en el centro sociocultural han organizado un club de senderismo. A lo mejor debería apuntarme.

Debería hacer algo.

Cualquier cosa sería preferible a permitir que esta casa de mierda acabe conmigo.

MADRUGADA

De madrugada, con el bar casi vacío, los gin-tonic saben a derrota, la música suena desafinada y los camareros te asesinarían si pudieran. Cuando Jorge llegó era todavía miércoles y lo rodeaban sus compañeros de trabajo. Ahora, desde hace un largo rato, es jueves y Jorge está solo. Cuando llegó, todas sus esperanzas estaban intactas. Con el paso de las horas, esas esperanzas se han ido colando por los agujeros de la noche hasta dejarle el ánimo escurrido. Primero lo intentó con Carolina, de contabilidad. Era temprano y estaba completamente sobrio, lo que en su caso es una desventaja. El Jorge sobrio es un tipo taciturno y más bien patoso al que le cuesta entablar conversación. Carolina fue educada, pero no tardó en alejarse con la excusa de ir al baño. Al regresar, se unió a un par de compañeras que bailaban en una esquina alejada y lo ignoró durante el resto de la noche. Jorge las vio intercambiar cuchicheos al oído y partirse de risa. De vez en cuando miraban disimuladamente en su dirección, por lo que no le fue difícil imaginar de quién se reían. Él nunca ha sabido por qué les resulta tan ridículo a las mujeres. No ignora que es más bien tirando a feo, pero no más que la mayoría. Además, se preocupa por su aspecto. Gasta dinero en ropa y va a la peluquería con frecuencia, a un salón moderno donde le corta el pelo una chica esbelta que a veces se roza contra él, casi seguro por accidente. Es verdad que tiene cierta tendencia a sudar en situaciones de tensión, pero procura contrarrestar cualquier posible olor corporal con jabones de farmacia y grandes dosis de desodorante. Ni siquiera tiene sobrepeso, a diferencia de Jesús el de recursos humanos, un obeso mórbido que, sin embargo, goza de mucha popularidad en la oficina por su habilidad para las imitaciones. Aun así, Jorge es consciente de que roza el estatus de paria laboral, y de que en esto solo lo supera ese chico bizco que hace las fotocopias y vacía las papeleras, el que nadie sabe cómo se llama. Con la diferencia de que el chico ese entró gracias a un programa de integración laboral, mientras que él tuvo que hacer valer su título de Derecho y Económicas en un duro proceso de selección. Pero ha sido así siempre. Desde la infancia y el instituto, es como si Jorge hubiera vivido dentro de una burbuja cuya superficie fuera impenetrable y repeliera a los demás. En el interior de la burbuja hay solo sitio para él y cabe el aire justo para sobrevivir. En el exterior, visible, tentadora y fuera de su alcance, está toda esa vida de la que nunca va a disfrutar, así como todas las mujeres que lo rechazan o ni siquiera lo ven. Como Yolanda, la encargada de mantenimiento, que fue la segunda mujer con la que probó fortuna esta noche. Yolanda, una cuarentona divorciada pero atractiva a su modo que siempre se pasa de copas en las salidas de los miércoles, por lo que tiene fama de ser bastante asequible. Aunque no para Jorge, a pesar de que a esas alturas la mujer ya estaba entonada y él algo más desinhibido. Y pese a todo la escaramuza fue tan breve como infructuosa, y se cerró con ella dándole la espalda para concentrar su beoda atención en Guzmán, un tipo casado con reputación de crápula y la irritante afición de silbar boleros a todas horas. Y, como si se hubieran confabulado para dejarlo atrás, a partir de ese momento sus compañeros comenzaron a marcharse, bien en pequeños grupos o en parejas. La evacuación se completó en apenas veinte minutos, y Jorge se encontró rodeado de extraños que, tal vez contagiados por la urgencia de sus compañeros por irse y dejarlo atrás, también fueron desapareciendo del local. Ahora, al filo de las dos de la madrugada descubre que está solo en el bar salvo por el único camarero que ha quedado al cuidado de la barra. Jorge le pregunta a qué hora cierran, y el camarero responde que la hora obligatoria de cierre son las tres, aunque lo hace con un tono áspero que suena a bronca o a reproche, como si la culpa de que tenga que esperar una hora más para echar el cierre fuera de Jorge y no del dueño del garito o de las ordenanzas municipales. Seguramente ha llegado el momento de emprender la retirada, pero la idea se le atraviesa en el estómago como un alimento en mal estado y decide rebelarse pidiendo otra copa. Otro gin-tonic que será el cuarto de la noche, a pesar de que los efectos de los tres anteriores ya pesan de forma funesta sobre su lucidez y su estado de ánimo. El camarero, un pelirrojo tatuado y granujiento, le sirve la copa con un rictus con el que parece desearle la muerte, y le reclama el pago acto seguido, como temiendo que, en efecto, vaya a morirse sin satisfacer el importe del combinado. Jorge afloja los ocho euros sin rechistar y se prepara para permanecer acodado en la barra durante un rato más, sin más propósito que el de seguir ocupando aquel lugar concreto y retrasar lo más posible el momento de regresar a su casa. Y en ese instante ve a la mujer, que quizás ha estado allí todo el rato o tal vez acabe de materializarse dentro del bar como un fantasma. Concretamente, como el fantasma de una fulana, pues eso es en efecto lo que parece desde la distancia mientras se contonea al compás de la música. Jorge carece de experiencia con fulanas, pero sabe qué aspecto tienen, y esta en concreto cumple con todo el código de vestuario del gremio, incluyendo un corpiño de leopardo que le exprime los pechos y se los eleva hasta la altura de la clavícula, una minifalda roja que parece a punto de saltar en pedazos y unos zapatos de plataforma cuya altura hace peligrar la verticalidad de la danzante. De repente, la música ya no es anglosajona, sino caribeña, como corresponde a las horas más infames de la noche. Pero el cambio de género musical desencadena en el cuerpo de la mujer una metamorfosis extraordinaria. Jorge la ve dar media vuelta para mostrarle la frondosa melena rizada que le llega hasta la cintura, así como un culo abundantísimo que comienza a moverse a un ritmo eléctrico, cada nalga por separado, como si las impulsara algún tipo de mecanismo. Cuando la mujer se gira de nuevo y se encara con él, a Jorge ha dejado de parecerle una prostituta pintarrajeada. Ahora es una mujer atractiva y exótica que se ha materializado en aquel bar solitario porque los dioses son caprichosos a veces. ¿De verdad se ha acercado a él? ¿Es posible que le esté hablando? ¿La ha entendido mal o ella acaba de llamarlo «mi amor» y a pedirle que la invite a una copa?

* * *

Jorge gime cuando un regusto a bilis y acidez estomacal brota desde su esófago. No quiere moverse. Todavía no. Teme que si lo hace ocurrirá algo horrible, como que la tenue membrana que mantiene su cerebro de una pieza se rompa y los sesos comiencen a brotarle a través de la nariz. Tampoco quiere abrir los ojos. No está seguro de la hora, pero sabe que hoy no ha ido a trabajar y que no ha llamado para advertir de su ausencia. Aunque eso es lo de menos. Lo peor es que el olfato le revela que no se encuentra en su casa, sino en un lugar diferente y seguramente horrible donde no le corresponde estar. Sobre todo, no quiere recordar lo que pasó anoche, a partir del momento en que la mujer vestida de modo provocativo (¿por qué le viene a la cabeza el nombre de Gladys?) lo llamó «mi amor» y le pidió que la invitara a una copa. El recuerdo, sin embargo, no se puede detener con un acto de voluntad, y en su cabeza comienzan a surgir imágenes: unos muslos excesivos, casi brutales, un escote que revela un tatuaje descolorido, una mano con los dedos historiados de sortijas que sostiene el vaso de balón en cuyo interior nadan melancólicamente cuatro hielos, su propia mano entre los muslos de la mujer y la irrupción de una lengua extraña en su cavidad bucal, donde se retuerce como un gusano dentro de una manzana. Luego, un recorrido de madrugada por calles vacías y su mano derecha palpando los mantecosos hemisferios de un trasero femenino, una escalera destartalada y cubierta de grafitis en un edificio sin ascensor, una vivienda que huele a sudor y orina y comida rancia...

«¿Mami?»

Jorge abre los ojos de golpe y un rayo de luz parte su cabeza por la mitad. Vuelve a cerrarlos al instante, pero ha visto lo suficiente. Ha visto sus piernas hirsutas y desnudas estiradas sobre una cama desconocida. Junto a ellas, las extremidades gruesas y varicosas de una mujer, con las uñas de los pies pintadas de rojo. Pero la parte más escalofriante, a pesar de la fugacidad

de la visión, es la imagen de los dos niños pequeños que aguardan a los pies de la cama.

Jorge está como su madre lo trajo al mundo
delante de dos niños, mientras la que debe de
ser su madre yace inconsciente a su lado.

Con una mano se cubre la zona genital. Con
la otra palpa sobre la cama en busca de algo con
que taparse. Encuentra el pico de una sábana y
tira de él para usarla como cobertura. Solo entonces vuelve a abrir los ojos.

Jorge apenas sabe nada de criaturas, pero
calcula que la niña tendrá unos cinco años. Lleva el pelo largo y alborotado y viste una camiseta con los colores de la selección de Bolivia
que la cubre hasta por debajo de las rodillas. El
niño, que se oculta parcialmente tras el cuerpo de su hermana, debe de tener como máximo
tres años. Lo contempla con gesto de espanto y
un dedito dentro de la boca. Una estalactita de
moco le cuelga de la nariz.

—¿Mami? —repite la niña. Esta vez con más
cautela, como si empezara a reconocer una amenaza en el hombre extraño y desnudo.

—¡Despiértate, por favor! —suplica Jorge.

Pero no obtiene respuesta del cuerpo que yace
a su lado. Solamente la respiración sibilante de
la mujer, que al menos le sirve para comprobar
que no está muerta, sino únicamente dormida.

Sin dejar de mirar a la niña a los ojos, Jorge
le propina a la mujer un ligero codazo. Ella se
da la vuelta con un gruñido enfurruñado y se
tira un largo pedo.

—Hola, soy Jorge —dice él sintiéndose un soberano cretino—. Soy un amigo de mamá.

—¿A... migo? —repite la niña tropezando en las sílabas.

Su hermano se oculta totalmente tras ella.

Jorge se incorpora tratando de tapar sus vergüenzas lo mejor posible. También se esfuerza por sonreír. Quiere evitar que los niños estallen en gritos o en llanto, aunque ellos parecen hasta cierto punto familiarizados con la situación.

—¿No hay cole? —pregunta la niña con cierto aleteo de esperanza en la voz.

Al parecer, Jorge no es el único que ha hecho novillos hoy.

—No, hoy no hay cole.

Y finge un entusiasmo completamente postizo. De hecho, los estragos de la resaca son tan intensos que le parece que le estén trepanando el cráneo con un taladro quirúrgico.

El hermanito pequeño reúne entonces el valor para participar en la conversación:

—¡Hambre! —proclama.

Jorge sacude a la mujer por el hombro. Ella vuelve a gruñir y a desentenderse, pero él insiste.

—Levántate, por favor. Los niños quieren desayunar.

Sin volverse hacia él, la mujer estira el brazo y traza con la mano un vago gesto circular. A continuación murmura algo que Jorge no entiende, pero no le resulta difícil interpretar. Quiere que se ocupe él de alimentar a los niños. Casi de inmediato vuelve a quedarse dormida.

Jorge recorre la habitación con la vista en busca de su ropa, pero no la ve por ningún sitio. Decide posponer la búsqueda y, entretanto, usa la sábana a modo de toga senatorial. El acto de ponerse de pie le hace sentir calambres y náuseas, pero la situación exige cierta dosis de heroísmo.

Pese a sus temores, encuentra la cocina, si no impoluta, al menos ordenada. Los niños lo han seguido a través del lóbrego pasillo como dos polluelos. La niña ocupa una silla de formica y le dirige una mirada expectante. El niño precisa su ayuda para ocupar la trona dispuesta para él. Hay un brik de leche en la nevera y el segundo armario que Jorge explora esconde un bote de Cola-Cao. Cinco minutos después, cada niño tiene delante un tazón humeante y unas galletas. La niña comienza a mojarlas diligentemente en la leche. El niño necesita la ayuda del adulto. La hambrienta criatura muerde las galletas con tal ferocidad que Jorge teme sufrir la amputación de un dedo. En cierto momento, descubre para su asombro que la resaca ha remitido de forma milagrosa. Incluso siente un pinchazo de hambre que lo impulsa a mojar una de las galletas en el Cola-Cao del niño y llevársela a la boca. Al pequeño parece no importarle compartir su alimento con el extraño.

El trío desayuna en un silencio casi total, roto únicamente por el chapoteo de las galletas en la leche y los sonidos de la masticación. Jorge no recuerda exactamente dónde se ubica la pequeña vivienda, aunque conserva alguna imagen de una calle periférica y de una fila de esos edificios degradados que en la ciudad se conocen como «grilleras». Lo curioso es el silencio que reina en el interior de la casa, cuando lo que él habría imaginado es un murmullo constante de voces y electrodomésticos y música a todo volumen. Contempla a los dos niños, que continúan absortos en sus desayunos, como si no hubieran comido desde hace días. Nunca le han llamado la atención los críos ni ha sentido el menor deseo de ser padre. Pero en estos momentos ambos le parecen criaturas delicadas y preciosas. Como si se observara desde fuera de su cuerpo, se ve sentado a la mesa de la cocina junto a los dos niños y experimenta una calma desusada que casi podría denominarse dicha. Es como si la burbuja que lo contiene se hubiera ampliado para acomodar también a los dos chiquillos y el aire enrarecido del interior se hubiera vuelto de pronto respirable.

Piensa en la madre, que debe de seguir entregada a su sueño etílico (sí, está casi seguro de que se llama Gladys). De momento decide dejarla descansar. Quizás más tarde la despierte y charle un rato con ella. Pero no hay ninguna prisa.

LAS GAFAS DE JOHN LENNON

Mi padre no se jubiló. Más bien lo jubilaron. Era un hombre mayor enseñando a niños pequeños. Perdía la paciencia. Gritaba. Lloraba. Se desesperaba. Los padres de los niños acudían al colegio a protestar. Cuando todavía le faltaban dos años para la edad legal de jubilación, el inspector del colegio determinó que lo sacaran de su clase y le dieran una serie de obligaciones indeterminadas en una biblioteca que siempre estaba vacía. Eso lo supimos después, porque él nunca lo confesó. Pero aquella humillación de apartarlo de su trabajo lo hizo envejecer a ojos vistas. Finalmente, alcanzó la edad de jubilación y sus compañeros le organizaron una comida de homenaje a la que lo acompañamos mi madre y yo. A él le regalaron un reloj y a mi madre un ramo de flores. El ambiente era poco festivo, casi fúnebre. Mi padre leyó unas palabras con la voz entrecortada y así acabó una carrera de maestro de casi cuarenta años.

Al año siguiente murió mi madre.

Yo no acababa de ver a mi padre viviendo solo. Pero ¿qué podía hacer? Mi mujer no quería ni oír hablar de traerlo a vivir con nosotros. Tampoco creo que él hubiera aceptado semejante arreglo. Era un hombre relativamente joven. Sin embargo, me constaba que no sabía ni freírse un huevo. ¿Qué digo? Freír un huevo tiene su técnica. Por no saber, mi padre no sabía ni cómo se usaba una escoba. Hablé con él largo y tendido. Me aseguró que no tenía que preocuparme, que se las iba a arreglar bien. Yo no me fiaba e insistí hasta que aceptó que una señora fuera a su casa un par de veces por semana para hacerle la limpieza y la colada. En cuanto a las comidas, le sugerí que viniera a comer a mi casa, aunque reconozco que se lo dije con la boca pequeña. La verdad es que él y mi mujer nunca habían congeniado, y me alivió el hecho de que rehusara con el pretexto de que era una complicación innecesaria para nosotros y para él. Muy cerca de su casa había un restaurante donde servían un menú diario variado y económico. Mi madre y él comían allí a menudo cuando ella empezó a encontrarse cansada. Seguiría haciéndolo. O contrataría un servicio de comida a domicilio. Las comidas no eran un problema.

El problema era que estaba solo.

Mi padre nunca fue un hombre sociable. Lo más parecido a un amigo que tenía era un antiguo compañero con el que iba al fútbol cuando el equipo local jugaba en casa, pero al que nunca veía si no era día de partido. Era socio del Ateneo, pero solo porque le quedaba cerca y le gustaba ir a tomarse un café y a leer tranquilamente el periódico. Fuera de eso, jamás jugaba a las cartas o al dominó con los otros socios, ni asistía a los actos y conferencias que se organizaban. Prefería con diferencia quedarse en casa para ver la televisión o leer un libro. O para hacer las dos cosas a la vez. Con la presencia casi constante y bulliciosa de mi madre tenía toda la compañía que quería y que necesitaba. Ahora que mi madre no estaba, solo le quedaba el perro.

Ringo había sido un capricho de mi madre, quien lo había bautizado así por el batería de los Beatles, a los que mis padres siempre habían venerado. Era un perro pequeño, un bichón maltés que mi padre había aceptado a regañadientes, aunque más tarde se convertiría en su compañero del alma. Cuando mi padre volvía de darles clase a sus alumnos de siete u ocho años, derrotado como solo un viejo maestro puede llegar a estarlo, *Ringo* trepaba al sofá y se acurrucaba a su lado. Mi padre podía pasarse horas acariciándolo y manteniendo con él largos coloquios en un lenguaje infantil que solo ellos compartían. Al final, el animal únicamente reconocía a mi padre como dueño y no admitía más carantoñas y mimos que los suyos. Lejos de ponerla celosa, esto a mi madre le hacía mucha gracia. A modo de broma lo llamaba «tu hijo adoptivo». Pero yo siempre sospeché que en realidad para mi padre *Ringo* era mucho más un hijo que una mascota, y llegué a preguntarme quién estaba primero en sus afectos, si el animal o yo, su auténtico y único hijo biológico.

Cuando mi madre murió, *Ringo* había cumplido diez años, aunque se le veía en plena forma. Sin embargo, su deterioro comenzó enseguida. Es normal que un perro empiece a dar síntomas de vejez a esa edad, pero siempre pensé que el declive del animal tenía más que ver con la postración de su dueño que con el transcurso del tiempo. El perro pasaba el día entero tirado en el sofá, bostezando y dedicándole a mi padre miradas tristísimas mientras absorbía la soledad y la melancolía del amo. Esto lo supe por la señora que iba a limpiar, que actuaba para mí como una especie de quintacolumnista contándome todos los pormenores de lo que se cocía en el hogar de mi infancia. Cuando yo iba de visita, en cambio, mi padre trataba de mostrarse animado y me aseguraba que todo iba bien, que le gustaba la vida apacible que llevaba y que no había necesidad de preocuparse.

Pero yo me preocupaba. Me moría de preocupación y remordimiento porque sabía que mi padre se hundía en la ciénaga de la tristeza y no veía el modo de hacerlo salir a la superficie. Y aun así él se obstinaba en que se encontraba perfectamente y me pedía que me ocupara de mis asuntos. Llegué a pensar que podía tratarse de una obsesión mía y se me ocurrió observarlo cuando él no lo supiera. En otras palabras, espiarlo.

Él tenía la costumbre de pasear a *Ringo* dos veces al día, por las mañanas y antes de cenar. Me pareció que me resultaría más fácil esconderme de su vista de noche, de modo que me aposté en un lugar discreto desde donde podía ver la puerta de su casa y me dispuse a esperar. No tuve que aguardar ni cinco minutos para que mi padre apareciera con su perro. Me impresionó su aspecto desastrado, precisamente él, que jamás había ido a trabajar sin su chaqueta y su corbata. Llevaba puesto un batín viejo bajo el que asomaban las perneras del pijama y un par de zapatillas de estar por casa. Su pelo estaba revuelto, como el de un orate y, por lo que distinguí a la luz de las farolas, no se había afeitado desde hacía varios días, seguramente desde la última vez que fui a visitarlo. Mi padre parecía un indigente o un enfermo psiquiátrico, y caminaba encorvado, con los hombros caídos, sin balancear apenas los brazos y arrastrando los pies. *Ringo* renqueaba un par de metros por detrás sin necesidad de collar ni correa, y reproducía a la perfección la actitud derrotada de su amo: el hocico pegado al suelo, el rabo caído y el aire de ser un perro enfermo y desdichado. Durante diez minutos ambos recorrieron la plaza peatonal a cámara lenta, tan abatidos y silenciosos como dos almas en pena. Finalmente, desaparecieron a través de la misma puerta por la que habían surgido. Y yo regresé a mi casa sintiéndome más preocupado que nunca, amén de culpable.

A partir del día siguiente dio comienzo mi campaña para intentar elevar la moral paterna. Le aconsejé que consultara con su médico. «Con-

sultar, ¿qué? Me encuentro perfectamente.»
«Bueno, te noto tristón desde que falta mamá.
Igual con alguna pastillita te mejoraría el ánimo.» A lo que respondió mandándome a hacer
gárgaras con una convicción que no observaba
en él desde hacía tiempo. Y aún se lo tomó peor
cuando le recomendé que viera a un terapeuta y
me brindé a hacer indagaciones para localizar a
un buen profesional. La idea de que se apuntara
a alguna actividad de la Universidad Popular,
quizás a un taller de escritura creativa, fue re-
cibida con un hosco silencio. Finalmente, al ver
que mis esfuerzos iban cayendo en saco roto, se
me ocurrió la estupidez de aconsejarle que se
creara un perfil en una red social para conocer
gente y hacer nuevas amistades. Me respondió
con un exabrupto no muy agradable que culminó con una palabrota que yo jamás le había oído
pronunciar. Para colmo de males, esto ocurrió
un sábado en que habíamos quedado a comer.
Mi mujer estaba presente y puso más tarde su
granito de arena asegurándome que mi padre
estaba perdiendo la cabeza, y que lo mejor que
se podía hacer era vender su piso e ingresarlo
en un geriátrico. Cuando le recordé que apenas
tenía setenta años, me dijo que mucha gente a
esa edad ya empezaba a sufrir síntomas de de-
mencia. Le respondí del modo que se merecía y
esa noche dormí en el sofá.

Al día siguiente era domingo y mi mujer salió
temprano (supongo que para visitar a su odiosa
hermana) y sin despedirse. A eso de las once no

pude soportar más el torbellino que giraba dentro de mi cabeza, así que me enfundé el chándal de los domingos y fiestas de guardar y salí con la intención de hacer un poco de ejercicio. Troté durante diez minutos sin que la angustia y el enfado remitieran, y mi breve carrera acertó a conducirme hasta la plaza en la que vivía mi padre. No me pareció oportuno llamar a su puerta, pero pensé que con suerte lo vería cuando bajara a pasear a *Ringo*. Entonces podría hacerme el encontradizo y charlar un rato con él para limar las asperezas del día anterior. Con ánimo de hacer tiempo, me entretuve ojeando los puestos de un mercadillo de trastos usados que se instalaba en la plaza cada domingo.

Había libros de segunda mano, viejos aparatos de radio, muebles del año catapún, máquinas de coser... de todo un poco. Curiosamente, en uno de los puestos se vendían gafas usadas. Y no solamente gafas de sol, sino también gafas graduadas que en su momento debieron de pertenecer a alguien. ¿Quién sabe cómo habrían llegado hasta aquel puesto? Me pareció curioso y decidí detenerme durante un rato.

—¿Te ayudo?

La técnica de ventas del dueño del puesto me pareció un tanto agresiva. Comprensible en un dependiente de unos grandes almacenes, pero no tanto en el mercachifle de un puesto callejero. Lo miré de hito en hito y comprobé que vestía chilaba y se cubría con uno de esos gorros blancos que gastan los musulmanes. A diferencia de su acento, que era perfecto, su fisonomía lo delataba como magrebí.

—¿Vendes solo gafas? —le pregunté a falta de nada mejor que decir.

—Solo gafas. ¿Puedo ayudarte? —insistió.

Negué con la cabeza.

—No creo. No buscaba nada. Solo curioseaba.

Y me dispuse a alejarme. Pero el vendedor no parecía dispuesto a darse por vencido.

—¿Estás seguro de que no buscas nada? La gente siempre anda buscando algo, aunque no lo sepa. Puede que tú no eches nada de menos. Pero estoy seguro de que alguien cercano sí necesita algo de ti. Y yo podría echarte una mano.

Me corregí mentalmente. La técnica de venta de aquel hombre no era agresiva, sino impecable.

—Bueno, a lo mejor unas gafas de sol para mi padre. Mira, por aquí viene, precisamente.

En efecto, mi padre se acercaba seguido por *Ringo*. No llevaba el batín y el pijama, pero su aspecto general era mucho más descuidado que el del día anterior. Igual que aquella noche en que me oculté para espiarlo, caminaba a cámara lenta y arrastrando los pies. Entonces me vio, corrigió su postura y se acercó con pasos más enérgicos. El vendedor magrebí se inclinó hacia la mesa en la que exponía su mercancía, rebuscó durante unos segundos y me entregó unas gafas.

—Estas le gustarán.

Eran unos anteojos redondos de montura de alambre con cristales de color naranja. Muy *hippies.* Muy *vintage.* Mi padre nunca se pondría aquello. Iba a devolverlas cuando él llegó al puesto y se fijó en ellas.

—Ah, mira, unas gafas como las de John Lennon. Qué gracia.

—¿Te gustan? Para ti. Te las regalo

Para mi asombro, se las puso de inmediato y sonrió como hacía mucho tiempo que no lo veía hacer.

—Se ve todo de color naranja. El naranja era el color favorito de tu madre. ¿Te acuerdas?

Claro que me acordaba. De hecho, mi madre tenía algún vestido y alguna blusa de ese color. Cuando los llevaba, yo siempre le gastaba la misma broma:

—«Súbame dos bombonas, por favor» —dije convirtiendo mis recuerdos en palabras.

Mi padre y yo rompimos a reír.

Cuando me giré para pagarle las gafas, el vendedor me guiñó un ojo.

Los cambios no se produjeron de inmediato. Si hubiera sido así, tendría que admitir que existe lo sobrenatural, y no estoy dispuesto a ir tan lejos. Pero algo debió de ocurrir aquel día en que le regalé las gafas. Quizás que, por primera vez, mi padre fue capaz de recordar a mi madre sin tristeza ni amargura, sino como la persona luminosa que era. De repente, pesaron mucho más sus años de felicidad juntos que ese presente en el que mi padre se sentía atrapado. Y luego estaba John Lennon. Ya lo dije: ellos habían sido fans de los Beatles toda su vida. De hecho, yo me crie con su música de fondo, porque en mi casa siempre había algún disco de los Beatles girando en el plato del tocadiscos. No puedo asegurarlo, pero me jugaría cualquier cosa a que aquel domingo los Beatles volvieron a sonar en la casa paterna. Puede que aquel fuera el primer cambio significativo, la primera señal de que las cosas podían ir a mejor.

La siguiente señal tampoco se demoró mucho. Apenas un mes después, mi padre me reveló que había decidido emprender un largo viaje. A Kenia y Tanzania, nada menos. El viaje que mi madre y él siempre habían querido hacer juntos. Me confesó que iba a gastarse en aquello una buena parte de sus ahorros y yo le aseguré que hacía muy bien y me ofrecí a quedarme con *Ringo* el tiempo que hiciera falta. Verdaderamente, aquella me pareció una de las mejores noticias que podría haberme dado. Mi mujer, en cambio, se echó las manos a la cabeza y afirmó que a mi padre se le aflojaba una tuerca diferente cada día. Incluso sugirió que pidiera su incapacitación por vía judicial. Por esos días el sofá y yo ya éramos buenos amigos, por lo que le volví a dar la respuesta que se merecía.

Mi padre estuvo viviendo su aventura africana durante un mes. Cada día me mandaba fotos por wasap. Imágenes con leones y cebras y jirafas que me hacían sentir envidia y alegría a la vez. Y la cumbre nevada del Kilimanjaro elevándose entre la niebla. Y, lo más inesperado de todo, muchas fotos en las que se le veía en compañía de montones de críos, cuando yo pensaba que había llegado a detestar a los niños durante sus últimos y traumáticos años en el magisterio. Pero allí estaba, radiante con sus gafas de color naranja, posando en medio de grupos de hasta veinte chavales o jugando con ellos al fútbol.

Cuando regresó me contó tantas historias que parecía que no iba a terminar nunca. Me dijo que había hecho buenas migas con la gente de una ONG de allí, y que la próxima vez no iba a viajar como turista, sino como cooperante. Entretanto, pensaba ofrecerse para dar clases de español en una asociación que acogía a emigrantes. Y así lo ha hecho hasta el día de hoy.

Lo último que quiero decir es que no sé muy bien cómo terminar esta historia. Quizás porque no estoy acostumbrado a las historias que acaban bien. En general, todos nos hemos vuelto cínicos y descreídos. Pero la historia de mi padre acaba bien, es un hecho. O al menos todo va bien en el momento en que la interrumpo. *Ringo* está viviendo una segunda juventud, y ahora mi padre siempre lo tiene que sacar de paseo con su correa para que no salga corriendo detrás de alguna perrita o de algún balón. En cuanto a mí, he acudido varias veces al mercadillo de los domingos para tratar de localizar al vendedor y comprarle otro par de gafas, pues no me atrevo a pedirle a mi padre prestadas las suyas. Naturalmente, no ha vuelto a aparecer, lo que no me sorprende. Lo de encontrarme con el genio de la lámpara (el *djinn*, como lo llaman en *Las mil y una noches*) fue algo totalmente excepcional. Encontrármelo por segunda vez sería un milagro. Y no creo mucho en los milagros.

Lo que sí he descubierto, a pesar de todo mi fatalismo vital de hombre que se aproxima a los cuarenta, es que a veces las cosas mejoran. Creo que también lo dijeron los Beatles.

Mientras encuentro una solución para lo mío, dejaré que sea mi padre quien se preocupe un poco por mí.

INSOMNIO

Tengo un gato que se llama Insomnio.

Por las noches, *Insomnio* sale de caza. Es un cazador concienzudo. Tan pronto como me voy a dormir, él comienza su ronda. Recorre cada habitación, examina todos los rincones, emplea su visión nocturna para escudriñar los espacios oscuros bajo los muebles.

Y siempre deja mi dormitorio para el final.

No hay noche en que *Insomnio* no se cobre alguna pieza. Pero en mi casa no hay ratones ni ratas. Lo que *Insomnio* caza son mis pesadillas.

De hecho, se alimenta de ellas.

Y es un gato muy gordo.

* * *

Fui una niña normal. Más o menos. Quizás algo más solitaria que lo que se entiende por una cría normal. Como es sabido, en la infancia se tiende al gregarismo. Pero a mí no me gustaba quedar para jugar con otras niñas. No disfrutaba de las diversiones al aire libre, no sabía saltar la goma ni a la comba ni me entretenía jugando a organizar fiestas para mis muñecas. Lo que me gustaba era ver películas en vídeo. Mis padres me dejaban ir sola al videoclub y alquilar las películas que me apeteciera ver. Y nunca eran de dibujos animados, sino de terror y de crímenes. Disfruté muchísimo con *La cosa* de John Carpenter y con *El silencio de los corderos*. Incluso vi *El exorcista*, aunque me costó trabajo convencer al dependiente del videoclub para que me la alquilara, dado que tenía solamente once años. A mis padres no les importaba. O pienso que no les habría importado si lo hubieran sabido. Mi padre siempre estaba de viaje por su trabajo y mi madre tenía muchísima vida social. Mis auténticos cuidadores eran el aparato de vídeo y el televisor de los que disfrutaba en exclusiva en mi cómoda habitación de hija única. Luego me compraron un ordenador, lo que me permitió seguir cultivando mi afición por lo macabro. Jugué a todos los videojuegos de terror de la época. La mayoría de ellos me los pasé varias veces. A la edad de doce años, me había convertido en una adicta al horror, una auténtica habitante de la zona oscura.

Alguien podría pensar que yo era una de esas chicas a las que llamaban «góticas», pero ni vestía de negro ni me maquillaba a lo vampiro ni quedaba con otros jóvenes como yo. Sencillamente disfrutaba experimentando miedo. Los horrores audiovisuales empezaban a saberme a poco. Entonces la literatura vino en mi ayuda. Descubrí a Lovecraft y a Richard Matheson. A

Clive Barker y a Ramsey Campbell. Y dio comienzo mi largo idilio con Stephen King. Aún no me había venido la regla y ya era una forofa de lo sangriento y lo sobrenatural, de las apariciones y los crímenes, de los exorcismos y las torturas. Me alimentaba de aquellos horrores igual que muchos adolescentes de ahora se alimentan de series de Netflix y de pornografía.

A los quince años ocurrió el acontecimiento capital de mi vida.

Me secuestraron.

No me apetece extenderme demasiado sobre este episodio, pero es necesario que me refiera a él, porque constituye la clave de todo lo que vino después.

Cuando volvía del colegio, dos individuos me introdujeron a empujones en una camioneta. Así empezó todo. Luego supe que ni siquiera pidieron un rescate por mí. No era ese su plan. Lo único que querían era usarme a su antojo durante un tiempo. Y vaya si lo hicieron. Lo más probable es que no me hubieran elegido de antemano. Aquellos dos cerdos habían salido de caza y tuve la mala suerte de cruzarme en su camino. Alta y esbelta como era, y vestida con mi uniforme de colegiala, les debí de parecer un bocado muy apetitoso. Además, como siempre, caminaba sola. Seguro que les llamé la atención. Dentro de la camioneta, me ataron las manos con una brida y me taparon la cabeza con una bolsa. Fueron muy rápidos y eficaces. Seguramente ya lo habían hecho antes. Me llevaron a un sitio aislado que debía de ser una nave agrícola y me metieron en un cuartucho en el que solo había un cubo para hacer mis necesidades y un colchón mugriento sobre el suelo. Esas cosas las vi fugazmente, mientras me retiraban la bolsa de la cabeza y la reemplazaban por una especie de antifaz que me cubría los ojos y me impedía verles la cara. En aquel cuartucho me tuvieron encerrada durante diez días, ciega, esposada y encadenada a la pared. No querían que su juguete se rompiera antes de tiempo, de modo que no emplearon demasiada violencia conmigo. No hubo palizas ni me apagaron cigarrillos en el cuerpo. Me dieron de comer y beber, e incluso me asearon un par de veces para que no oliera demasiado mal. Por lo demás, me hicieron de todo lo que se les pasó por la cabeza, de uno en uno o los dos a la vez. Para mi desgracia, lo recuerdo todo a la perfección. O casi todo, porque tuvo que haber momentos en los que me dormí o me desmayé mientras ellos seguían a lo suyo. Más tarde, mi sensación sería que no me habían dejado ni un solo instante a solas durante esos diez días, que siempre había al menos uno de ellos haciéndome cosas. Yo estaba segura de que me matarían cuando se cansaran de mí, pero lo que hicieron fue quitarme las esposas, subirme a la camioneta y abandonarme en un descampado a las afueras de la ciudad. Desde allí eché a andar hasta que me crucé con una patrulla de la Guardia Civil.

Me llevaron al hospital y llamaron a mis padres. No estaba herida. O no demasiado. O por lo menos no en un sentido físico. Me tuvieron un par de días en observación y me hicieron todo tipo de pruebas y exámenes. Fueron muy amables conmigo. Muy delicados. Pero yo permanecía encerrada en el cuartucho. Me derivaron a salud mental, donde los psiquiatras y psicólogos me trataron como si fuera una muñeca de porcelana que se hubiera estrellado contra el suelo. También fueron muy agradables y comprensivos conmigo. Pero yo seguía todavía prisionera en el cuartucho. En vista de mi estado, mis padres siguieron el consejo de los especialistas y me llevaron a una clínica para que acabara de recuperarme. El sitio era bonito y tranquilo, y los médicos de allí me prodigaron todo tipo de cuidados: técnicas de relajación, terapia cognitiva y conductual, ansiolíticos y alfabloqueantes para controlar la ansiedad y las pesadillas. Sin embargo, yo seguía en el cuartucho con aquellos dos cerdos. El cuartucho estaba dentro de mi cabeza y, dondequiera que fuera, dormida o despierta, continuaba encerrada allí junto a mis dos violadores. Al cuarto mes de internamiento y terapia, cuando comenzaron a darme sedantes fuertes, comprendí que los médicos empezaban a pensar que mi estado se había vuelto crónico y estaban a punto de tirar la toalla. Pero no quería quedarme allí el resto de mi vida. Con estrés postraumático o sin él, con pesadillas o sin pesadillas, deseaba con todas mis fuerzas recuperar algo parecido a una vida. O por lo menos un simulacro de vida. La alternativa consistía en abandonarme a la locura. Pero mi espíritu de supervivencia era demasiado fuerte.

Me esforcé por fingir que me encontraba mejor, más tranquila. Que era más dueña de mí misma.

Empezaron a dejarme salir los fines de semana.

Me convertí en una actriz consumada.

Al final decidieron darme el alta.

Y así acabó.

Aunque nunca ha acabado.

Mi regreso a la vida cotidiana fue un éxito. A ojos de mis padres, a los ojos de todos, volvía a ser la chica de antes. Mejor dicho, ahora era mucho más normal de lo que nunca había sido. Acabé el bachillerato y fui a la universidad. Incluso salía de vez en cuando a divertirme con gente de mi edad. Hablaba con los chicos y más de uno se interesó por mí. Por suerte, ninguno llegó a ponerme una mano encima, pues creo que le habría abierto la garganta con las uñas.

Aquella normalidad era solo un disfraz que usaba para que me dejaran en paz. Lo que había en mi interior era cualquier cosa menos normal. Dentro de mí estaba el cuartucho y aquellos dos hijos de puta a los que la policía nunca encontró. Y más abajo se abría un pozo sin fondo del que podía brotar cualquier cosa. De día, ni yo misma era muy consciente de ello. Pero siempre llegaba la noche. Y, tan pronto como cerraba los ojos, empezaban las pesadillas.

Las pesadillas se parecen mucho más a la vida real que a las historias de terror.

En una pesadilla, el miedo y el dolor carecen de estructura y de orden. Son arbitrarios. Y nunca terminan.

En mis pesadillas, me sentía arrojada al infierno.

Todas las noches.

Cada noche.

Mis infiernos nocturnos no eran siempre idénticos, aunque todos compartían el mismo punto de partida. Siempre empezaban en aquel cuartucho donde me tuvieron encerrada durante diez días (que a mí me parecieron diez meses o diez años). Luego las cosas cambiaban, porque la materia de los sueños y de las pesadillas es elástica y cambia de aspecto con facilidad. De pronto, ya no estaba en el cuartucho, sino en una mazmorra, o en una catedral, o en un aula de mi antiguo colegio. Y mis violadores ya no eran dos, sino veinte o cien. O ya no eran hombres, sino cerdos o sapos. En las cosas que me hacían también había gran diversidad, así como en el tipo de objetos y herramientas que empleaban conmigo. Pero la trama de la historia era siempre la misma: violación y tortura, dolor y angustia. Y no era a otros a quienes les ocurría. El personaje era yo. Siempre yo. Rota en mil pedazos. Mutilada, destripada, quemada. Atravesada por los objetos más pintorescos. Aterrorizada hasta la locura. Y, aun así, siempre a punto de recibir otra dosis de dolor, otra vejación, otra sevicia.

Durante una década, entre los quince y los veinticinco años, no me atrevía a quedarme dormida. Tomaba litros de café para aplazar el momento de cerrar los ojos, pues ese instante representaba el comienzo de mi descenso particular a los infiernos.

Huelga decir que obtuve notas excelentes en mis estudios universitarios, y que en mis primeros empleos fui un prodigio de productividad. Sin embargo, el ser humano necesita dormir. De hecho, la privación de sueño es una de las peores formas de tortura. Prolongar las horas que permanecía despierta no era una solución, sino una forma de agravar el problema.

Pero la alternativa era peor.

Infinitamente peor.

Además, el hecho de multiplicar mis horas de vigilia me dejaba tiempo para leer y para ver películas. De terror, por supuesto.

Aquellas ficciones terroríficas me permitían evadirme. También me consolaban. Una historia de terror no se parece a una pesadilla. Además, en una historia o una película, las cosas horribles no les ocurren a personas reales, sino a unos personajes ficticios cuyo sufrimiento, por tanto, es irreal. Ese era el consuelo que me brindaban estas historias.

Pero mi sufrimiento de cada noche era muy real.

Hasta que *Insomnio*, mi gato, llegó a mi vida.

Todo el mundo ha visto ese artefacto que se denomina «atrapasueños». Me refiero a esa especie de aro con una red, piedras de colores y plumas colgando. Parece que su origen está en ciertas tribus de nativos americanos, y que su propósito era, precisamente, filtrar los malos sueños y dejar pasar los buenos, como una especie de tamiz onírico. Pues bien, en mi desesperación llegué a comprar uno de ellos. Y no una falsificación para turistas, sino un auténtico *dreamcatcher* fabricado a mano por un chamán de la nación Ojibwe que se anunciaba por internet. El artefacto me llegó con un documento de autenticidad y una carta de su artífice. Lástima que no viniera también con un certificado de garantía que me permitiera recuperar la absurda cantidad de dinero que pagué por él, porque lo cierto es que no funcionaba. O funcionaba solamente como adorno y como recordatorio de lo estúpida e irracional que puede llegar a ser una persona que sufre como yo estaba sufriendo.

Lejos de conformarme, le escribí un email al chamán de marras quejándome de que su atrapasueños no servía para nada. De paso, me explayé acerca de mi problema con los malos sueños, lo que no había hecho con ningún psicólogo ni psiquiatra desde que abandoné la clínica donde estuve internada en mi adolescencia.

Me contestó que podía ayudarme, pero que tendría que ir a verlo en persona al lugar donde residía: la reserva de White Earth, en Minnesota.

* * *

Si esto fuera una de las novelas que suelo leer, en este punto narraría con todo lujo de detalles mi viaje a Estados Unidos y mi visita al chamán. Pero eso me haría encallar en una zona periférica de mi relato. Bastará con decir que se llamaba Crow Wing Smith y que era un señor encantador que vivía en una casita de madera al borde de un bosque, como el personaje de un cuento. Tampoco voy a detallar los pintorescos rituales y ceremonias que realizó conmigo, más que nada porque esta parte de la historia me da un poco de vergüenza. Así pues, saltaré hasta el momento en que me anunció que creía haber encontrado la solución a mi problema. Y fue entonces cuando me entregó a *Insomnio*, que por esos días no era más que una bolita de pelo de color gris ceniza y todavía no tenía nombre. Al observar mi mirada incrédula, el chamán Smith me aseguró que no se trataba de un gatito cualquiera, sino de un genuino cazador de pesadillas. Mi desconfianza fue tan evidente que el chamán me aseguró que no pensaba pedirme nada a cambio. Solamente que me llevara al gatito conmigo aquella noche y que le permitiera dormir junto a mi cama, cosa que hice. A fin de cuentas, ¿qué tenía que perder, salvo que me echaran del Holiday Inn por colar un animal en mi habitación?

Esa noche, por primera vez desde que tenía quince años, dormí de un tirón y desperté con una sonrisa en los labios. Puede que soñara algo, pero a la mañana siguiente era incapaz de recordarlo.

Desde luego, no había sido una pesadilla.

Después de aceptar mis lágrimas de gratitud, el chamán me dio algunas instrucciones con respecto al gatito. Me dijo que no necesitaba dormir ni comer, puesto que su alimento eran los malos sueños, y que permanecería alerta día y noche. En ese sentido, el minino era mucho más fácil de cuidar que un gato convencional. Si no comía ni bebía, tampoco defecaría ni haría pis. Sin embargo, debía vigilar contantemente su peso y no dejar jamás que superara las quince libras (lo que vienen a ser unos ocho kilos, peso más que considerable para un gato). Si se acercaba a ese límite, debía de alejarlo de mí hasta que recuperara la línea, aunque ello supusiera soportar pesadillas durante algún tiempo. También me dio unas instrucciones generales para su higiene y cuidados que no incluían nada extraordinario. Ni una palabra sobre que estuviera prohibido mojarlo o darle de comer después de las doce. De hecho, la mayor parte de su alimentación tendría lugar de noche, es decir, durante mis horas de descanso, con algún aperitivo ocasional si un día me daba por dormir la siesta. Por último (y al llegar a este punto el chamán adoptó un gesto grave y afligido), el señor Smith me reveló que tendría que vivir y dormir sola, pues un único gato no bastaría para dar cuenta de las pesadillas de más de una persona. Le aseguré que esa era la parte más fácil de cumplir.

Por último, le di un enorme abrazo y le prometí cuidar del gato como si fuera mi propio hijo.

Ya en casa, bauticé al gatito como *Insomnio* porque habría quedado extraño llamarlo *Mi Príncipe Salvador* o algo así. Por lo demás, el felino hizo honor a su nombre, pues no lo vi cerrar los ojos ni un solo instante. Mentiría si dijera que mi gato era el animal más cariñoso del mundo. Puesto que no tenía necesidad de alimentarse, carecía del único estímulo que mueve a los de su especie a ser afectuosos con los humanos, es decir, el de obtener comida. Él se limitaba a patrullar la casa incansablemente en busca del único alimento que toleraba. Y me refiero, naturalmente, a mis pesadillas. En cuanto a la procedencia de estos malos sueños, el conducto por el que llegaban hasta mí y el modo en que mi gato los identificaba, interceptaba y devoraba, jamás lo he sabido. Como es lógico, tampoco lo vi nunca alimentarse, puesto que mis pesadillas siempre acudían cuando yo estaba dormida y, por lo tanto, inconsciente. Con todo, *Insomnio* jamás bajaba la guardia, supongo que por miedo a que yo echara una cabezada que lo pillara desprevenido. Él deambulaba de una habitación a otra sin descanso, como si se tratara de un robot de limpieza inasequible a la fatiga y al agotamiento de su batería. Y yo dormía como ni siquiera recordaba que se podía dormir. Como un tronco. Como una bendita. Como una niña de pecho. Como si no tuviera una sola preocupación en este mundo. Los tópicos se me agotan. Mi gratitud hacia el bendito animal, sin embargo, es infinita.

* * *

Todo fue bien durante los primeros seis meses o así. En todo ese tiempo había seguido a pies juntillas las indicaciones del chamán Smith con respecto al peso de *Insomnio*. Cuando lo traje a casa, el gatito apenas pesaba 400 gramos, por lo que supuse que el límite de los ocho kilos podía tardar años en llegar, si es que alguna vez llegaba. Tan solo un par de meses después, sin embargo, *Insomnio* ya pesaba cuatro kilos y medio. Se estaba convirtiendo en todo un señor gato, un gatazo, lo que daba fe de la frecuencia e intensidad de las pesadillas que yo estaba sufriendo. Mi gato se estaba hartando de comer, pero yo me sentía tan feliz y aliviada que bajé la guardia, incluso cuando el minino empezó a engordar más de lo aconsejable. Seguía pensando que tenía margen de sobra. Y me horrorizaba la idea de prescindir de él, aunque fuera por una temporada, para que recuperara la esbeltez y la forma aerodinámica que se le presupone a todo gato para ser un buen cazador.

Hasta que un buen día enfermó.

Coincidió con una de mis pesadillas más terribles, la primera desde que *Insomnio* estaba conmigo.

Una vez más, estaba de vuelta en el cuartucho. Esta vez reproducido a la perfección dentro de mi sueño, con su colchón mugriento y el pestilente cubo para las heces, tal y como lo había visto durante los pocos segundos transcurridos entre el momento en que me quitaron la bolsa de la cabeza y el de su reemplazo por aquella especie de antifaz sin agujeros para los ojos. Lo curioso era que yo no había visto en ningún instante los rostros de mis captores, ni cuando se abalanzaron sobre mí en la calle, ni cuando me subieron a la camioneta, ni durante aquellos pocos segundos en que mis ojos no estuvieron tapados. En todos esos momentos, ellos se las habían ingeniado para que no los viera. Al menos para que no les viera la cara. De hecho, ese fue el motivo principal por el que la policía no logró dar con ellos. Sin embargo, en mi pesadilla de aquella noche sí los vi.

Jamás había tenido un sueño tan lúcido y espantoso a la vez. Fue como volver a estar en manos de aquellos hijos de puta y sufrir, en el transcurso de lo que dura un sueño, lo que había padecido durante los diez días de mi cautiverio en cada uno de sus sórdidos, espantosos y abyectos detalles. La fidelidad a lo ocurrido fue tan grande que, más que una pesadilla, aquello parecía una proyección de mis recuerdos, los que conservaba y los que habían permanecido latentes en mi memoria. Pero no lo viví como una de las películas de terror a las que era tan aficionada. Lo experimenté, una vez más, en primera persona, como la víctima que fui de aquella violación que se prolongó durante diez días de infierno y terror. El único detalle nuevo, repito, es que ahora sí que podía verles la cara.

Ambos tenían cara de cerdo. Aunque estoy usando el término en sentido figurado. Lo que quiero decir es que sus rostros eran brutales, crueles. O al menos a mí me lo parecían mientras permanecía tumbada e inmóvil y ellos daban rienda suelta a sus repugnantes apetitos. En realidad, puede que no fueran tan diferentes de tantos otros tipos que van por ahí devorando con los ojos a mujeres de todas las edades. Eran dos cerdos idénticos a muchos otros cerdos. Lo que los hacía singulares es que yo había sido su víctima durante diez interminables días.

Desperté de repente y miré la hora en mi móvil. Eran las 3:33 de la madrugada. Lo recuerdo bien porque pensé: «Vaya. La hora del diablo. Como en una historia de terror». Al instante caí en la cuenta de que había vuelto a sufrir una pesadilla por primera vez desde hacía meses. Y de las más espantosas y vívidas que recordaba. Por suerte, había quedado interrumpida de repente, como si mi gato hubiera tenido dificultades con ella pero al final hubiera logrado devorarla.

¿Dónde estaba *Insomnio*?

Tras una breve pero angustiosa búsqueda, lo encontré hecho un ovillo tras una cortina del salón. El animalito no se tenía en pie. Y no solamente a causa de su exceso de peso. Sin duda estaba enfermo, como parecía estar diciéndome mediante los maullidos más lastimeros que le había oído jamás. Me alarmé como si se tratara de mi bebé de pocos meses. Imaginé que *Insomnio* moría y que mis pesadillas regresaban a atormentarme cada noche. Lo lamentaba por el pobre animal y el dolor que estaba sufriendo. Pero, sobre todo, lo sentía por mí misma.

¿Qué le pasaba a *Insomnio*? ¿Era por algo que había comido? ¿Por algo que no había logrado comerse?

Me imaginé contándole al veterinario que aquel gato era en realidad un animal mágico. Que no comía ni bebía ni dormía. Y que se alimentaba de los malos sueños de su dueña.

Y entonces caí en la cuenta de lo gordo, de lo gordísimo que estaba.

¡Qué raro! La misma noche anterior no me había parecido tan grotescamente obeso como me parecía ahora. Era como si lo hubieran conectado mediante una goma a una bombona de hidrógeno. Como si fuera a salir volando en cualquier momento.

Traje una báscula de la cocina y lo coloqué encima, lo que provocó nuevos maullidos de protesta.

Cinco kilos.

Respiré aliviada.

Y entonces caí en la cuenta de que aquella báscula pesaba hasta un máximo de cinco kilos, pues no se suele necesitar más harina para hacer un bizcocho. En realidad, *Insomnio* debía de pesar mucho más.

La báscula del baño me confirmó mis temores.

A pesar del margen de error, *Insomnio* había rebasado con creces el límite de los ocho kilos sobre el que me advirtió el chamán.

Así de repente. En el transcurso de una sola noche.

La cuestión es que el minino estaba tan postrado, y yo tan desesperada, que pensé en llamar al chamán Smith para pedirle consejo. Y si no lo hice fue porque, de repente, algo ocurrió.

Insomnio empezó a sufrir arcadas. Arcadas violentísimas, como si se hubiera comido un calcetín y ahora tuviera que expulsarlo.

Pero mi gato no comía calcetines ni otras marranadas, como cualquier gato convencional, sino pesadillas.

Y yo sabía muy bien qué pesadilla le había hecho enfermar. La última, la más angustiosa y fiel a la realidad. La que me había mostrado los rostros de mis violadores con tal nitidez que ahora era capaz de recordarlos en todos sus detalles. Una pesadilla que poseía tal vigor que durante un buen rato había logrado desafiar el implacable instinto cazador de *Insomnio*. Hasta que mi gato había logrado darle caza y devorarla. Con el resultado que ahora comprobaba.

Quizás un lavado de estómago podría ayudar al animalito.

Y justo entonces le sobrevino una arcada tan enorme que fue prácticamente una convulsión. El gato se quedó rígido, con las patitas estiradas y la boca tan abierta como si se le hubieran desencajado las mandíbulas. Su garganta se hinchó de un modo grotesco, y dejó oír algo así como un gemido que se convirtió prácticamente en un estertor.

Pensé que me había quedado sin gato.

Pero en ese instante sucedió.

Insomnio soltó un eructo tan fuerte como el de un bebedor empedernido de cerveza. Jamás he olido nada tan pestilente. Suerte que el hedor no tardó en disiparse.

Acto seguido, mi gato vomitó «aquello».

Enseguida contaré lo que era «aquello»

Pero procedamos con orden.

Antes narraré que, tras deshacerse de lo que le había hecho enfermar, *Insomnio* se deshinchó ante mi vista, hasta alcanzar las proporciones de un gato normal tirando a gordito, tal y como era antes de la crisis. Suspiró dos o tres veces y todo su cuerpo se relajó, como el de una mamá gata que acabara de parir al último gatito de la camada. Y acto seguido hizo algo que jamás le había visto hacer ni pensé que vería: *Insomnio* cerró los ojos y se quedó dormido. Me alarmé terriblemente al verlo con los párpados cerrados, pero el susto se me pasó cuando observé su respiración acompasada y aquel gesto beatífico en su rostro felino.

Había que dejarlo descansar.

Además, tenía cosas urgentes de las que ocuparme.

* * *

Me costó varios intentos, pero por fin logré contactar con el chamán Smith por Skype. Tenía algo que mostrarle, algo guardado en un tarro de cristal que alguna vez contuvo mermelada. Se le arrugó el rostro de asco cuando lo vio, pero no dio muestras de sorpresa. Me explicó que se trataba de un fenómeno poco frecuente, aunque no desconocido. De hecho, se disculpó por no haberme puesto sobre aviso de que aquello podía ocurrir. Las circunstancias debían de haber sido excepcionales: una pesadilla especialmente lúcida y poderosa, un gato cazador que todavía no había alcanzado la plenitud de sus fuerzas, un trauma profundo que había ejercido como desencadenante. Todas las condiciones que se daban en mi caso.

Me dijo que me deshiciera de aquello cuanto antes.

Le di las gracias, pero tenía una idea mejor para el contenido del tarro.

A la mañana siguiente, tras comprobar que *Insomnio* estaba de nuevo despierto y alerta, me encaminé hacia la tienda de animales de mi barrio y compré un terrario de los grandes, con una capacidad de cien litros. Me preguntaron que si lo que quería meter allí dentro era un cocodrilo. Les dije que, de momento, solo lo quería para plantar un jardín de cactus, pero que ya volvería si se me ocurría una idea mejor.

Al regresar a casa, monté el terrario y activé la iluminación y la resistencia que lo mantendría a una temperatura constante. Acto seguido, coloqué unos pequeños tarros con agua azucarada que sirviera de alimento. Por último, deposité allí el contenido del tarro.

Insomnio rondaba muy inquieto a mi alrededor, como preguntándose que era lo que estaba tramando. ¿Por qué había decidido conservar y alimentar a aquellas cosas asquerosas?

Pero mi plan era demasiado complicado para explicárselo a un gato.

Y quizás también demasiado retorcido.

En cualquier caso, ya solo quedaba sentarse a esperar.

* * *

Aquello llevó su tiempo.

De hecho, al principio apenas hubo cambios.

Ambos bichos mantuvieron la forma con la que habían salido de la barriga de *Insomnio*.

Eran dos gusanos blancuzcos igualitos a algunos tipos de parásitos intestinales que me mostró Google. Apenas tenían rasgos distintivos. Y su única actividad consistía en retorcerse sin propósito y, de vez en cuando, reptar hasta alguno de los tarros para alimentarse de agua azucarada.

Al cabo de unos diez días, empezaron a cambiar.

Les brotaron extremidades y algo parecido a una boca y unos ojos rudimentarios.

En ese momento comprendí que había que complementar su dieta con carbohidratos y proteínas. Les proporcioné ambas cosas en forma de pan mojado y huevos cocidos. También les ofrecí algo de fruta, para que crecieran sin déficits vitamínicos.

Un mes después, habían adquirido una apariencia casi totalmente humana.

Eran dos homúnculos de unos siete centímetros de altura, con todas sus partecitas perfectamente distinguibles con la ayuda de una simple lupa. Se veía claramente que eran dos machos, no solo por sus órganos sexuales externos, sino porque enseguida empezaron a pelearse entre ellos por la comida, aunque la tenían de sobra.

Insomnio cada vez entendía menos todo aquello, y así lo manifestaba arqueando el lomo con el pelo erizado cuando pasaba cerca del terrario. Finalmente, decidí guardar el gran tanque en el trastero para que mi gato no sufriera por culpa de mi experimento. De todos modos, ya quedaba poco para el final.

Comprendí que mis dos hombrecitos estaban completamente desarrollados cuando comenzaron a hablar entre ellos, aunque con voces tan tenues que resultaban inaudibles para mí. De todos modos, por sus gestos era muy fácil comprender que estaban aterrorizados, en especial cuando yo irrumpía en el trastero y me veían a través del cristal del terrario, gigantesca y sonriente como una deidad femenina. Una diosa no especialmente benévola.

Salvo por el tamaño, eran iguales que en mi pesadilla. De hecho, eran los protagonistas de mi pesadilla. *Insomnio* se los había tragado, pero de algún modo habían conseguido sobrevivir en su tripa.

Había llegado el momento.

* * *

Era un ejemplar joven de un metro de longitud. Un bicho precioso, con manchas de color dorado. Me costó mil euros, pero habría pagado mucho más por ella. Tuve que acudir al mercado negro para conseguirla. La pitón real es una especie invasora en potencia. Hay desalmados que las compran como mascotas y las abandonan en cualquier sitio cuando se hartan de ellas. Yo, desde luego, pensaba tratar a la mía como a una reina.

Ella iba a ser la inquilina definitiva de mi terrario.

Pero antes tenía que darle su almuerzo de bienvenida.

Probablemente el único almuerzo vivo y sangrante de toda su vida.

A partir de ese momento, tendría que conformarse con ratones congelados.

No me quedé para verla alimentarse.

Cuando volví, al cabo de unas horas, todo había acabado.

* * *

Bauticé a mi nueva mascota como *Némesis,* que es el nombre de la diosa griega de la venganza.

Insomnio y ella no se han hecho amigos. Pero al menos se toleran.

Él sigue ocupándose de mis pesadillas, aunque ahora son ocasionales y no demasiado virulentas. Me limito a soñar que se me caen los dientes. O que me he quedado sin trabajo y no puedo pagar mi hipoteca. O que me he casado. En fin, esas cosas normales y aburridas con las que sueña todo el mundo. De hecho, mis gato las deja escapar a casi todas, supongo que porque no las encuentra lo bastante nutritivas.

Pronto me di cuenta de que *Insomnio* estaba empezando a pasar hambre, y tuve que completar su alimentación con comida para gatos edición gourmet.

También duerme de vez en cuando.

Cada vez se parece más a un gato normal.

BREVE CRÓNICA DE MI VIDA AMOROSA

Al de la Línea Uno lo veo los miércoles, aunque lo de «lo veo» es una forma de hablar, porque ver, lo que se dice ver, no he visto a ninguno de ellos. Yo tomo el metro en Atocha a las seis de la tarde y él se sube en Antón Martín a las 18:05. No ha fallado ni una sola vez. A esas horas el metro está abarrotado de la gente que vuelve a casa del trabajo, lo que resulta muy conveniente para mis propósitos. A Antón Martín no le gusta perder el tiempo. Apenas unos segundos después de que el tren se haya puesto en marcha, ya noto su bulto pegado a mi culo. Cinco segundos más y su mano se aventura dentro de mi falda. El tiempo es escaso, por lo que yo se lo pongo fácil dejándome las bragas en casa. Antón Martín huele a colonia cara y a champú, y algo me dice que es un tipo educado. Se le nota porque no me ataca directamente, como hacen otros, sino que se demora acariciándome antes de hundir su dedo índice dentro de mí. Yo se lo agradezco, aunque no sea necesario, ya que siempre estoy mojada y preparada para mis amantes del metro. Creo que también es un romántico, porque una vez me acercó los labios al oído y me dijo algo de invitarme a cenar y luego ir a un hotel. Lo dejé plantado y ya no ha vuelto a hacerlo. Por suerte, aprenden pronto.

Al de la Línea Cuatro lo llamo Diego de León, pues es allí donde me entró por primera vez. Aunque en realidad fui yo quien le entró a él. Llevaba un rato observándolo. Quiero decir que lo miraba desde atrás, claro, porque si les veo la cara me parecen personas y entonces la cosa no funciona. Era esbelto y lucía una melena brillante que se derramaba sobre su cazadora de cuero. Llevaba unos vaqueros tan apretados que se distinguían el llavero y el encendedor que guardaba en uno de los bolsillos de atrás. De inmediato comprendí que tenía que ser mío y me acerqué a él para pegar mi culo al suyo (por suerte, yo llevaba unos buenos tacones aquel día y nuestras estaturas coincidían). Él aceptó el juego de mis nalgas contra las suyas y no se dio la vuelta de inmediato. Después, ya sí. En Colón, me parece. Su polla era como un trozo de madera mientras él se frotaba contra mí. Olía a tabaco rubio y a chicle de menta. Me puse a cien, pero él debía de ser muy joven, porque no acababa de decidirse. Tuve que tomarlo de la mano y acompañarlo debajo de mi falta. Por suerte, tardé muy poco en correrme. Y digo por suerte porque casi llegábamos al final de la línea. Me bajé de un salto en Bilbao sin darle tiempo para reaccionar, pues no quería correr el riesgo de que me siguiera. Era jueves. Diego de León es mi amante de los jueves por la mañana.

Y no quiero olvidarme de Miguel Hernández, que tiene nombre de poeta pero es el más bruto de todos ellos. Es un hombre fornido, casi gordo, y huele mucho a sudor. Aunque eso a mí no me importa (cuando una juega a la lotería de los cuerpos, tiene que contentarse con lo que le toca). Además, el olor de Miguel no es desagradable. No es el clásico destilado de ingle y sobaco que una suele sufrir en el metro, sino un aroma procedente de alguna parte más noble (tal vez del pecho o del cuello), un sudor que huele a peligro, a escaramuza. En su caso fue él quien tomó la iniciativa. Eran las 7:30 de la mañana de un lunes, y aquel tren debía de transportar a la mitad de la población de Vallecas. De repente, oí que la gente se quejaba a mi espalda, y era porque Miguel Hernández los estaba apartando de su camino a base de empellones y codazos para acercarse a mí. Él susurró en las inmediaciones de mi oído que yo era muy guapa y, sin volverme, me llevé el dedo índice a los labios para indicarle que no abriera el pico. Miguel comprendió el juego enseguida y me dejó hacer. Me froté contra él a conciencia y lo oí jadear y gemir. Comprendí que estaba a punto de correrse, lo que me llevó a mí también al borde del orgasmo. Y entonces hizo algo que solo le he dejado hacer a él, y solo aquella primera vez: Miguel Hernández tomó mi mano derecha con violencia y la colocó sobre su paquete, y yo consentí y se lo apreté una... dos... tres veces. Con eso fue suficiente, a juzgar por la fuerza de sus gemidos. Entonces me bajé del tren para dejarlo atrás. Recuerdo que me apoyé en la pared de un pasillo y me bastó con apretar los muslos unos segundos para correrme con tal intensidad que se me aflojaron las rodillas. Luego solté una carcajada al imaginarme a Miguel Hernández con cara de tonto y una gran mancha húmeda en los pantalones.

Mi amante de los sábados es una chica muy joven, o al menos yo la imagino así, porque su aliento es fresco y huele a jabón y a colonia de niña. Por motivos evidentes yo la llamo Ópera. Nunca antes lo había probado con una mujer, y no por ninguna clase de prejuicio, de los que carezco por completo, sino porque jamás pensé que una mujer fuera a prestarse a mi juego, y menos una mujer tan joven. Y sin embargo fue ella quien tomó la iniciativa. Ópera me asaltó en la estación del mismo nombre con un estilo delicado y decidido a la vez. Estábamos en verano y yo llevaba un top que me dejaba la cintura al aire. Y de pronto noté unos dedos que exploraban mi abdomen en torno al ombligo en círculos lentos y cautelosos. Enseguida supe que era una mujer. Lo supe por su olor, en primer lugar, y lo confirmé al bajar la vista y ver aquella mano pequeña, casi infantil, con las uñas un poco mordisqueadas y pintadas de un rosa chillón. Aquel día el vagón estaba casi vacío, lo que siempre supone un riesgo añadido, pero los primeros escarceos me habían resultado tan excitantes que abandoné cualquier precaución. La

tomé de las caderas sin girarme y la pegué a mí
con todas mis fuerzas, y ella no dudó en hundir
la mano por la cintura de mi falda y comenzó
a frotarme la vulva con energía. El top que yo
llevaba dejaba casi toda mi espalda desnuda, lo
que me permitía notar sus tetas con mucha nitidez. Eran pequeñas y duras, tan distintas de
las mías que podrían haber pertenecido a una
hembra de otra especie. Y mientras tantos sus
caricias se habían acentuado y noté que dos de
sus dedos comenzaban a explorar el interior de
mi vagina. En ese momento casi caigo redonda
sobre el suelo del vagón, pero ella me sostuvo
con un inesperado alarde de fuerza. Aun así, mi
cabeza se desmoronó sobre su hombro, lo que
a ella le permitió mordisquearme el lóbulo de
la oreja e introducirme la lengua casi hasta el
tímpano. Me gustaría poder contar cómo acabó
aquello, pero la verdad es que no me acuerdo.
Mi siguiente recuerdo es el de abandonar el vagón de forma precipitada mientras me compo-
nía la vestimenta, y la mirada cargada de enco-
no de una mujer mayor, idéntica a la de una de
las monjas de mi colegio. Ya he mencionado que
a Ópera la encuentro casi todos los sábados, en
la Línea Cinco, siempre en dirección a Casa de
Campo. Yo la considero una gran promesa y me
enorgullece ser su mentora, aunque me huele
que la alumna superará muy pronto a la maestra. Hace un par de semanas se atrevió a traer a
una amiga, con lo que pude disfrutar de cuatro
manos acariciándome a la vez. Fue algo maravi-

lloso, pero quizás convendría frenarla un poco, porque su juventud la empuja a ir cada vez más lejos, y el peligro de acabar en comisaría crece en cada ocasión.

No te he hablado de Doce de Octubre, el de los martes, ni de Pacífico, el de los viernes, que tan distinto es de su nombre. Ni siquiera de Príncipe de Vergara, mi Príncipe, mi amor adolescente del jueves por la tarde, que es el día en que hago doblete. Pero con lo que acabo de contarte creo que ya te puedes hacer una idea de lo que ofrezco. El caso es que ando buscando un amante para el domingo y me he fijado en ti. Llevaba en el bolso las hojas de esta crónica por si encontraba a alguien idóneo, y me han gustado tus hombros tan anchos y lo bien que te sienta el abrigo, que se posa sobre ellos como si fuera un manto. Voy a dejar estos papeles doblados en tu bolsillo derecho, donde supongo que los encontrarás pronto. Si te interesa lo que tengo que ofrecerte, tú serías Gregorio Marañón, mi amante de los domingos por la mañana. ¿Te parecería bien a eso de las 11? A mí no me importa hacerlo más temprano, pero tampoco quiero obligarte a madrugar. No te ocuparé mucho tiempo, pues suele bastarme con cinco minutos, de modo que a la altura de Guzmán el Bueno yo desaparecería hasta el domingo siguiente. Soy discreta y no te causaré problemas. Y tú podrás disfrutar de la emoción de los amores en el metro, que son fugaces, intensos y peligrosos, como yo misma.

EL TESTIGO

Los porros me sientan mal y las drogas más fuertes me dan miedo, de modo que siempre tengo la nevera llena de cervezas. Para mí la comida es secundaria. Almuerzo casi siempre fuera de casa, y la mayoría de los días estoy demasiado borracho o demasiado abatido para pensar en hacerme la cena. La cerveza, en cambio, la considero un artículo de primera necesidad. Mi nevera está siempre hasta arriba de latas de cerveza de marcas variadas, nacionales y de importación. Hay latas de todos los colores, aunque con claro predominio del verde. No sé por qué, pero siempre me ha sabido mejor la cerveza de color verde. Es decir, la cerveza que viene en una botella o una lata de color verde. A lo mejor es porque el verde es el color de la esperanza.

Entre semana llego a casa sobre las cuatro, hora a la que abro la primera cerveza. A las cinco ya me he bebido tres latas y suelo quedarme dormido en el sofá. Lo que sigue es un fundido en negro que dura hasta las siete o las ocho. Entonces me despierto con la boca pastosa y el ánimo por los suelos, sobre todo en invierno, cuando las ventanas son como rectángulos negros pegados a la pared. Para levantar el ánimo, suelo beberme una cerveza, y raro es el día en que después no caen cuatro o cinco más. El número es aproximado, pero siempre hay una última que provoca en mí el efecto de una dosis de anestesia y me deja KO, como un fardo que no sufre, que no siente y que apenas puede pensar. Y ya solo queda esperar hasta el día siguiente.

Fue un día a principios de semana. Un lunes, o puede que un martes. Lo que recuerdo muy bien es que había sido un día complicado en el instituto. Al ver la nota de su examen, una alumna de bachillerato me había llamado gilipollas y mandado, literalmente, a tomar por culo. La eché de clase, pero conforme salía no pude evitarlo y murmuré «¡hija de puta!». Lo murmuré, pero todos me oyeron. Ya solo quedaba esperar las consecuencias.

Llegué a mi casa rumiando el incidente, abrí el frigo y me bebí una cerveza de un trago. Luego me senté con otra delante esperando el bendito sueño. Encendí la televisión, eso suele ayudarme. Estaban poniendo el reality de ese mejicano que se dedica a educar perros ajenos. El encantador de perros. De pequeño me gustaban los perros. Mi tía Mercedes tenía un chihuahua que se llamaba Jorge Negrete. Así, con nombre y apellido. Jorge Negrete estaba tuerto por culpa de una infección o algo parecido. La verdad es que era un perro sorprendentemente feo, algo así como un feto de perro abortado de forma prematura. Aunque para compensarlo era muy cariñoso. Yo jugaba con él cuando la tía Mercedes venía de visita. Hasta que un día se pasó de cariñoso. Empezó a frotarse contra la pernera de mi pantalón y le dejé porque me hacía gracia. Y tras follarme la pierna durante un par de minutos se corrió con un ladrido y me dejó un pequeño cerco oscuro en la tela de los vaqueros. Lo estrellé contra la pared de una patada. No se hizo nada, pero nunca volvió a acercárseme.

El encantador de perros no se las veía con un chihuahua, sino con un labrador muy grande que tenía la mala costumbre de ingerir sus propios excrementos. Su dueña, una pija de Los Ángeles, estaba desesperada porque el animal la ponía en evidencia cada vez que organizaba una fiesta en la piscina. Reconozco que el asunto empezó a interesarme, aunque a mi pesar, porque lo único que yo quería era quedarme dormido. Pero la cara que se le quedaba a la pija cuando sus amigos pijos veían al can devorando su propia caca era digna de verse. Además, la dueña del perro estaba bastante buena. Cayeron un par de cervezas más, y mientras tanto César Millán, el educador canino de la dentadura refulgente, no parecía dar con la fórmula para que el perro abandonara su repugnante dieta. Acababa de recomendarle a la pija californiana que probara a alimentar a su perro a base de piña y mango cuando sonó un dindong que no me resultaba familiar. Caí entonces en la cuenta de que alguien había hecho sonar el timbre de mi puerta. Y subrayo que era el timbre de la puerta, no el de la calle.

Vivo en un octavo piso y jamás me he cruzado una palabra con mis vecinos. Dudé de que se tratara de la vecina de al lado (fuera quien fuera, porque yo solo la conocía por su voz chillona al otro lado del tabique), que andaba necesitada de sal o de arroz. Aparte de que nunca tengo arroz, solo cervezas, y no se las regalo a los vecinos. A veces mi hermana se pasa a verme, pero siempre me avisa antes. Me incorporé con cierto fastidio, aunque también intrigado. No se me ocurrió echar primero un vistazo por la mirilla, quizás por la falta de costumbre de que llamaran a mi puerta. Tampoco se me pasó por la cabeza la conveniencia de ignorar la llamada y seguir con lo mío. Podía ser algo importante. Un vecino que estuviera sufriendo un infarto. Una vecina alarmada porque su perro labrador estaba comiéndose sus propios excrementos. Aunque puede que abriera la puerta porque estaba bebido y no había dormido la siesta, una combinación que no favorece el pensamiento racional ni las buenas decisiones.

Era una pareja. Un hombre y una chica. Pero de momento voy a prescindir del hombre y me voy a centrar en la chica:

Cuando yo tenía trece o catorce años, a mi hermana, cinco años menor que yo, le regalaron una Barbie. Ella no le hacía mucho caso, pues prefería jugar con muñecas más convencionales, del estilo de la Nancy y demás. Pero a mí aquella Barbie me tenía obsesionado. Se me ponía durísima cada vez que reparaba en su cabellera rubia y su nariz respingona, en sus tetas cónicas y su cintura de avispa, en sus esbeltas piernas y su culito redondo. Acabé robándosela a mi hermana, que ni siquiera se percató de su ausencia, y usándola para mis propios fines. Tengo que reconocer que la primera vez que la desnudé me quedé decepcionado. Había esperado algo menos esquemático que aquel cuerpo de maniquí de grandes almacenes. Pero cuando le di la vuelta y le vi las nalgas, tan prominentes y apretaditas, me puse burrísimo y no me quedó más remedio que cascármela de inmediato. Y desde aquel día ese fue el primer propósito de la Barbie que había sido de mi hermana: proporcionarme solaz sexual.

Lo que hacía era desnudarme y tumbarme boca arriba en mi cama. Entonces sentaba a la Barbie encima de mis pelotas, con las piernas bien separadas, de forma que mi polla quedara en medio de ambas, y los brazos estirados hacia el frente. Ahora lo pienso y es como si la muñeca la hubieran fabricado para aquel propósito, para que un adolescente se masturbara con ella, porque el espacio que quedaba entre sus manitas se correspondía exactamente con el grosor de mi pito cuando estaba tieso. Lo que sigue, es fácil imaginarlo. Y así fue como durante al menos dos o tres años convertí a la que había sido la Barbie de mi hermana en mi concubina particular, mi compañera de juegos sexuales. Recuerdo que llegó un momento en que la cabellera rubia de la muñeca se convirtió en una estopa maloliente a fuerza de recibir mis descargas. Y que un día, de repente, desapareció. No sé qué sería de ella. Solo espero que mi hermana no encontrara el juguete perdido años atrás y decidiera recuperarlo para sus juegos.

Pero todo esto venía a cuento de la chica con la que me topé al abrir la puerta, porque resulta que era idéntica a la Barbie de mi hermana. Tenía los mismos ojos azules, la misma melena rubia, la misma boquita sonriente, las mismas tetas cónicas y todo lo demás, con la diferencia de que en el caso de aquella chica cada parte guardaba con el conjunto las proporciones correctas en un ser humano normal, suponiendo que un bombón como aquel pudiera catalogarse como un ser humano normal.

No sé si empecé a babear de inmediato. De lo que estoy seguro es de que permanecí unos segundos sin decir palabra, comiéndome con los ojos a aquella Barbie de carne y hueso que acababa de materializarse ante el umbral de mi puerta. Ella me devolvía la mirada y sonreía. Vestía un suéter rojo de cuello alto, muy ceñido, que resaltaba unos pechos que apuntaban hacia mí como dos obuses anticarro, una faldita muy corta a cuadros escoceses, como las de las niñas de cole privado, y calcetines blancos. Los muslos de la chica eran dorados y generosos. En lugar de permanecer inmóvil, hacía descansar su peso sobre una pierna o la otra de forma alternativa, con lo que parecía una majorette detenida en medio de un desfile.

Alguien tosió y me deseó buenas tardes.

—¿Eh? —respondí tontamente.

Quien había hablado era el hombre, en el que yo apenas había reparado, pues me sentía como si estuviera levitando a diez centímetros del suelo.

—Buenas tardes —insistió el hombre, al que su acompañante femenina había borrado de la existencia, o al menos de mi campo visual.

—Buenas tardes —respondí de forma mecánica.

—¿Lee usted la Biblia?

—¿La Biblia?

—Sí, la palabra de Dios revelada.

—Ya... la Biblia... No, no la leo mucho... Digamos que no la leo nada.

Barbie hizo un mohín de decepción. En ese momento yo habría dado cualquier cosa por ser un nuevo san Jerónimo.

—La Biblia está llena de buenas noticias para el hombre. ¿Querría usted leerla con nosotros?

Con aquella muchacha yo habría estado dispuesto a leer hasta el Código de la Circulación. En cuanto al hombre, era un individuo calvo y bajito vestido con chaqueta y corbata. Iba equipado con una cartera negra muy abultada que le hacía parecer un inspector de Hacienda. Un tipo de lo más anodino. Sin embargo, al parecer era él quien llevaba la voz cantante, pues Barbie ni siquiera había abierto su seductora boca. Se limitaba a sonreír y a persistir en su belleza arrebatadora.

—¿Nos concede unos minutos?

No me lo pensé. A fin de cuentas estaba borracho.

—Sí, claro. Pasen.

Se sentaron juntos en el sofá. Yo estaba frente a ellos, en la butaca, y no conseguía apartar la vista de los muslos de Barbie. Ella mantenía las piernas castamente unidas, pero la postura sedente y la minifalda bastaban para que el espectáculo fuera sobrecogedor. El hombre calvo hablaba de Dios o algo así. Al principio, cuando los invité a sentarse, se había quedado mirando las cinco latas de cerveza vacías con el ceño fruncido. Luego pareció olvidarse y me pidió una Biblia, cualquier Biblia, la que tuviera en casa.

—No tengo ninguna Biblia —confesé—. No soy muy religioso.

Dijo que no importaba y sacó un ejemplar de la cartera negra que llevaba consigo. A continuación empezó la perorata sobre Dios o Jehová o su puta madre. No sé. Yo estaba pendiente de Barbie, por si acaso se descuidaba y despegaba los muslos.

No se descuidó. Lo sé porque no le quité ojo de encima.

—Entonces, ¿quedamos así?

—¿Cómo?

—¿El viernes a la misma hora que hoy? ¿Le habrá dado tiempo a leer los pasajes donde le he puesto las etiquetas de colores?

La mente me derivaba un poco por culpa de la cerveza, pero la contemplación de los muslos dorados de Barbie me había ayudado en buena medida a mantener la concentración.

—Claro. El viernes está bien. ¿Van a venir los dos?

—Diana siempre me acompaña.

—¿Son ustedes pareja?

Juraría que en este instante Barbie-Diana estuvo a punto de soltar la carcajada, pero se contuvo.

—No, no —aclaró el calvo de la corbata—. Cumplo la función de instructor, para que me entienda. Soy uno de los ancianos de nuestra congregación.

—Pues se conserva usted muy bien.

El calvo de la corbata rio.

—Oímos esa broma mucho. Como veo que tiene usted tiempo, le voy a dejar el último número de *La Atalaya*. Le recomiendo que se lea el artículo sobre la próxima venida de Jesús.

—¿Cuándo va a ser eso?

—Muy pronto.

—Pues que Dios nos pille confesados.

—Es usted bastante gracioso. Sin embargo, sobre algunos asuntos no conviene bromear, ¿no le parece?

Eso dijo. Aunque yo juraría que a Diana la situación la estaba entreteniendo bastante. ¿Qué edad tendría? ¿Veintidós? ¿Veintitrés?

—No, tiene usted razón. Disculpe. Por supuesto, se trata de un asunto muy serio.

El hombre calvo pareció contentarse.

—Bien, entonces lo dejamos tranquilo de momento. Debemos seguir con nuestra labor de apostolado.

Los apóstoles habían mejorado mucho desde aquellos desarrapados narigudos que le lamían el culo a Jesucristo.

—¿Hasta el viernes, entonces? ¿Misma hora?

—Sí, hasta el viernes. Y que la bendición de Jehová sea con usted.

Pensé que Jehová ya me había bendecido al sentar a Diana en el sofá de mi salón.

Al día siguiente la directora de mi instituto me llamó a su despacho. Me dijo que los padres de la alumna a la que yo había insultado habían venido a hablar con ella. Amenazaban con llevar el asunto a la inspección. Le dije que vale y me preguntó que si me daba igual. Le respondí que sí, que me daba igual. No era verdad, pero casi.

La directora de mi instituto está bastante potable. No tanto como Diana, claro, pero conserva un buen polvo para su edad. Dicen que folla con Carlos, el de Filosofía. Me alegro por Carlos el de Filosofía, aunque, a decir verdad, es un subnormal.

Di la última clase y volví a casa corriendo. Normalmente recalaba antes en un restaurante de menú, pero aquel día me lo salté. Había estado caliente toda la mañana y me apetecía llegar a casa cuanto antes para desahogarme. Aquel estado de excitación era muy raro en mí. La combinación de la cerveza y los antidepresivos es casi tan eficaz como una castración química. Sin embargo, el encuentro con Diana había obrado el prodigio de despertar en mí una lascivia que yo creía apagada para siempre.

De hecho, pasé el resto de la semana cascándomela. Cascándomela y leyendo la Biblia.

El ansiado viernes me halló en un estado de excitación próxima a al paroxismo. Durante la semana había trazado planes para Diana y para mí. Imaginé lo que habría sido su vida en el seno de una familia de fanáticos religiosos: un padre tiránico, una madre reprimida y represora. Imaginé que se habría librado por poco de la ablación del clítoris, pero que desde la infancia la habrían obligado a humillarse haciendo proselitismo de casa en casa. Imaginé la frustración que habría ido creciendo dentro de ella, su rencor, sus ansias de libertad. Pensé que podría ser yo quien la liberara. Su caballero andante. El héroe que la arrancara de las garras de la secta, quien la rescatara de las tinieblas del fanatismo y la condujera hasta la luz. También imaginé que bastaría con una insinuación mía para que Diana, la hermosísima Diana, le volviera la espalda a su guardián, el hombre calvo con corbata, y se quedara conmigo. Carecía de planes para más allá de ese momento. Ni falta que me hacían.

Estaba tan nervioso que me salté la comida, como ya había hecho un par de veces antes esa semana. Lo que no perdoné fueron las cervezas, que me ayudarían a sosegarme mientras las horas transcurrían. Habíamos quedado a las cinco. Consideré la posibilidad de obrar de forma dramática, como un auténtico héroe de acción. Cuando ambos estuvieran ante mi puerta, extendería la mano, agarraría el brazo de Diana y la atraería hacia mí. Estaba seguro de que la chica no se resistiría. Acto seguido, le daría al calvo con la puerta en las narices. Y ya podía echarla abajo a patadas si quería. Pensé seriamente en hacerlo así, es cierto, pero no quería asustar a Diana con un proceder tan brusco, de modo que decidí esperar a que ambos estuvieran sentados ante mí, como durante su última visita, y mostrar mis cartas entonces. Y si el calvo se resistía a largarse, bastaría con llamar a la policía.

A las cuatro y media me había bebido ya tres cervezas. En la media hora que restaba hasta las cinco me dio tiempo a beber otras dos. A las cinco y diez llamaron al timbre, una vez más al de la puerta de mi casa (¿cómo lograba superar esa gente la barrera de la puerta de la calle?

¿Entraban con algún vecino? ¿Era la voluntad de Jehová?). Me alisé el pelo y me introduje los faldones de la camisa dentro del pantalón.

Abrí la puerta.

Allí estaba el calvo de la corbata, pero no Diana.

Junto a él había otro tipo.

Un hombre muy pequeño, casi un enano. O quizás un niño extraordinariamente feo.

Ambos entraron sin pedirme permiso. Los seguí hasta el salón, donde los encontré sentados.

—¿Y Diana? ¿No viene hoy?

—Está en casa, cuidando a los niños. Hoy me acompaña Moisés, su marido.

Contemplé a Moisés, el tipo feo y raquítico que había profanado a Diana y hasta se había atrevido a hacerle niños. Él me devolvió la mirada. Quiero decir que me la devolvió parcialmente, porque era fácil observar que tenía un ojo de cristal. ¿Me miraba con cara de burla o eran imaginaciones mías?

—Siéntate, por favor —me dijo el calvo invitándome a sentarme en mi propio sillón—. ¿Has leído los pasajes que te señalé?

¿Por qué me tuteaba ahora aquel fulano?

—Sí, los he leído —reconocí tomando asiento.

—¿Te acuerdas de Marcos: 5? ¿El del hombre endemoniado?

Moisés, el enano tuerto, no despegaba su único ojo de mí. Ahora veía claramente que aquel cíclope birrioso me estaba retando con la mirada del ojo que conservaba. Tenía una cara diminuta y alargada y la movía de forma espasmódica, como un animal pequeño. Como un perro pequeño. Como Jorge Negrete, el chihuahua de mi tía Mercedes. Lo imaginé embistiendo a Diana por detrás e impregnándola con su asquerosa lefa de chihuahua. Lo imaginé con tanta claridad como si lo estuviera haciendo delante de mí.

Me doblé sobre mí mismo y sufrí una violenta arcada. Acto seguido proyecté un chorro de vómito fragante de cerveza.

Ambos hombres se levantaron de repente.

—¿Qué le pasa? ¿Se encuentra mal?

—¡Váyanse! —supliqué con un gañido—. ¡Por el amor de Dios, váyanse!

Un minuto después estaba solo.

Contemplé el triste charco de cerveza vomitada, desperdiciada.

Fui a la cocina por la fregona. De paso, abrí la nevera y saqué de ella otra lata de cerveza. Una de las verdes, por supuesto.

Porque el verde es el color de la esperanza

DÍA DEL LIBRO

«Ah, mira, ese parece que se va a parar. Vaya, ¿pues no ha pasado de largo, el muy cabrón? A ver qué tal la vieja que acaba de sonreírme. Le explico que se trata de un thriller, y como creo que no me ha entendido le aclaro que es una novela de género policíaco. Ha tomado el libro. La tengo en el bote. Pero lo deja cuando ve la pegatina con el precio. Adiós, señora. Ojalá se tropiece con una mierda seca y se parta la crisma. Esta chavala que se acerca ahora me suena. Yo creo que ha trabajado en mi instituto alguna vez, haciendo una sustitución. Me dice hola y me pregunta que si me acuerdo de ella. Le respondo que claro que sí, que la recuerdo muy bien. Y ahora viene el momento en que debería mencionar su nombre, pero no hay manera, no me acuerdo. La pausa es larga e incómoda. Se va con cara de ofendida. Pues muy bien, que te follen, bonita. ¿Le gusta la novela policíaca, caballero? Por lo menos contésteme, mamón.»

El autor local lleva casi dos horas sentado en una silla plegable, delante de una pequeña mesa donde hay apilados ejemplares de su última novela. Nadie le ha pedido que esté allí. Él mismo se lo ofreció a una librería de las que colocan stands en la plaza mayor. Los de la librería aceptaron con poco entusiasmo. Lo citaron a las seis de la tarde. Ha llegado puntual, pero se ha encontrado con la desagradable sorpresa de que otro autor local estaba ocupando su sitio. Nadie le dijo que habría otros escritores firmando aparte de él. De hecho, lo de encontrarse a ese otro autor local se le figura una especie de usurpación. Se trata de un maestro jubilado al que le ha dado por escribir poesía y publicarse sus propios libros. El autor local desprecia a los otros autores locales, especialmente a los autoproclamados poetas que, para más escarnio, se autopublican. Ese señor ni es escritor ni Cristo que lo fundó. No es más que un jubilata aburrido de observar las obras públicas y reacio a cuidar de sus nietos.

Él no se autopublica. Se molesta en buscar editoriales que accedan a hacerlo, aunque ninguna sea importante ni conocida. Varios de sus libros los han publicado ayuntamientos y diputaciones. Uno incluso se lo financió una bodega de la provincia a modo de (fallida) campaña publicitaria. Pero autopublicarse, jamás. Nunca caería tan bajo como para convertirse en un autor local autopublicado. El sambenito de «local» ya lo sitúa en las catacumbas del mundo editorial. Por debajo de eso solo están los poetas locales autopublicados, como el maestro jubilado que ha usurpado su sitio y que no muestra la menor intención de marcharse. De hecho, lo rodea un pequeño cortejo de lo que probablemente sean amigos y parientes. En los minutos que lleva esperando, el autor local no autopublicado ya ha visto al poeta local autopublicado firmar al menos seis ejemplares de su repugnante libro de poemas (él, a buen seguro, los llama «poesías»).

El autor local da cortos paseos por la plaza sorteando a la multitud, que es muy densa a esta hora. El día ha sido caluroso y, tan pronto como ha empezado a refrescar, la gente se ha lanzado a la calle. Hay una orquestina tocando swing, y lo hacen bastante bien. A la vista de la animación reinante, el autor local se imagina la cantidad de libros que podría estar firmando si no fuera porque el poeta autopublicado de mierda le ha robado el sitio. Qué ignominia. Se siente tan enojado que solo le falta lanzar un par de nubes de humo por los orificios nasales. Se da un plazo de cinco minutos. Si el poeta autopublicado no se ha largado al cabo de cinco minutos, acudirá a quejarse al encargado de la librería. O a lo mejor le echa huevos y se lo espeta directamente al intruso: «Oiga, usted, ¿nadie le ha dicho que hay un horario para las firmas? ¡Venga, vejestorio, ahueque el ala!» Pero tan pronto como lo piensa comprueba que el poeta autopublicado ha recogido sus libros y se dispone a marcharse. Unos niños salen a su encuentro y él se inclina para repartir besos. El autor local se siente un miserable. ¿Cómo puede habérsele pasado por la cabeza la idea de poner en evidencia al pobre hombre delante de sus nietos?

Más relajado, el autor local se dirige a su puesto de firmas, ahora libre. Se le figura casi un pedestal, aunque no es más que una minúscula mesa de camping con una silla plegable al lado. Aguarda impaciente hasta que una de las dependientas del stand de la librería se percata de su presencia. La chica tiene muy asumido su estatus de «librera» y suele tratar al autor local con cierto desprecio, aunque sus conocimientos literarios sean equiparables a los de una dependienta de charcutería. Por no hablar de sus modales. De mala gana, trae unos ejemplares de su último thriller policíaco y los deja caer sobre la mesa de camping con una brusquedad innecesaria. También trae un cartelito que identifica al autor local y anuncia el título de su novela, junto con una pequeña reproducción de la cubierta. El cartelito se tiene de pie gracias a una pestaña, pero sale volando al primer soplo de brisa. La dependienta de charcutería devenida librera da media vuelta y regresa a su puesto en el stand sin decir palabra. Pues nada. Que te den.

Ha llegado el momento de la verdad.

Lo primero es encontrar la pose y la expresión facial correctas. El gesto debe ser acogedor, pero sin traza de avidez. Amistoso y mundano, pero sin asomo de condescendencia. Nada espanta tanto a un posible comprador como un escritor ávido de vender su libro. Nada disuade más a un lector en potencia que ese autor que, con su gesto y su actitud, parece decir: «Amigos, volaba por aquí cerca y se me ha ocurrido descender hasta vosotros para brindaros el privilegio de que os llevéis un libro mío dedicado, un objeto que pronto se convertirá en una reliquia». El autor local lleva puesta una chaqueta que le da muchísimo calor, pero que no piensa quitarse porque también le imprime esa elegancia natural de los intelectuales. Como un marino experto que prepara sus artes de pesca, busca en los bolsillos de su chaqueta hasta que da con el bolígrafo que usa para las firmas: un Parker rojo y plateado que queda muy resultón para escribir dedicatorias, aunque tiende a escurrírsele entre los dedos.

«¡Compren, compren mis hermosos jabalíes!»

La cita es de un tebeo de Astérix, pero le viene siempre a la memoria en situaciones como la presente.

Pasan quince minutos y no ha vendido ni un solo libro. Los quince minutos más largos de su vida. Las emociones se suceden sin darle tregua: esperanza, frustración, ira, bochorno y de nuevo esperanza. La plaza sigue repleta de curiosos y el estruendo es enloquecedor. En medio de la algarabía, a los mandos de su mesa de camping y su bolígrafo, el autor local empieza a sentirse un apestado. La inmensa mayoría de los curiosos pasan de largo como si su lugar lo ocupara un metro cúbico de aire transparente.

Algunos se acercan y unos pocos hasta miran los ejemplares expuestos sobre la mesa, pero nadie se atreve a mirarlo a los ojos. Mirarlo a los ojos equivaldría a un compromiso tácito de compra, y nadie muestra deseos de desprenderse de los 18 euros que cuesta su libro a cambio de una recompensa más que dudosa: un libro del que nadie ha oído hablar dedicado por un tipo que nadie conoce. De todos modos, el autor local no quiere perder la esperanza y sonríe a los curiosos. Un par llegan a mirarlo, pero con suspicacia.

Se acercan dos niños.

—Hola.

—Hola. ¿Os habéis perdido?

—No, nuestros padres están tomando cervezas en esa terraza de allí. Nos han dicho que nos demos una vuelta y que aprendamos cosas.

—¿Y habéis aprendido algo?

—Todavía no. ¿Tú qué haces aquí sentado y solo? ¿Te han castigado?

—No. Soy un escritor. Y estoy aquí firmando mis libros.

—¿Para qué?

—A mucha gente le gusta tener libros firmados por la persona que los ha escrito.

—Pero si escribes en el libro, lo estropeas.

—Qué va. A veces hasta suben de valor por llevar la firma del autor.

—¿Nos firmas uno?

—Tenéis que comprarlo primero.

—No tenemos dinero.

—Pues id y pedídselo a vuestros padres. Luego les podéis regalar el libro dedicado. Veréis qué contentos se ponen.

—Y si te traemos una servilleta de un bar y nos la firmas, ¿valdrá dinero?

El autor decide ignorar a los niños, que le siguen haciendo preguntas hasta que se cansan y se van, no sin antes hacerle unas muecas burlonas y llamarlo idiota, a lo que el autor local está a punto de contestar «bota, rebota y en tu culo explota». Se contiene a tiempo.

El grupo de swing ha concluido su actuación y varios políticos municipales han ocupado su lugar. Un individuo al que el autor local no conoce de nada se sitúa en el centro del grupo de próceres, toma el micrófono y empieza a leer unas cuartillas que lleva preparadas. El sujeto no tendrá ni treinta años. Lleva dilatadores en los lóbulos de las orejas y viste una camiseta negra que reza (en inglés) «Al tío que está a mi derecha le gustan las pollas». Quien está a su derecha es el alcalde de la ciudad, pero no se inmuta, lo que demuestra sus escasos conocimientos de idiomas. El tipo de la camiseta negra y los dilatadores está leyendo un manifiesto de exaltación del libro y la lectura. El autor local se pregunta qué habrá hecho para merecer semejante honor. La escritura es sin duda un mundo ingrato en el que cualquier gamberro veinteañero recibe más atención que autores granados y consolidados como él. A buen seguro, se trata de un poeta.

La ciudad es pequeña y propicia para los encuentros. Son muchos los amigos y conocidos que, sin haberse citado, se encuentran en la plaza y convergen en grupos de tamaños diversos. Nadie tiene prisa, el espíritu gregario se impone y las reuniones improvisadas se prolongan hasta que todo el mundo está al corriente de las novedades de todo el mundo. Se forman varios corros que ocultan el puesto del autor local de la vista de cualquier posible comprador.

Él querría decirles que circulen con tono y modales de guardia civil cabreado, pero carece de autoridad para hacerlo.

Su enojo aumenta y su termostato interior se aproxima a la zona roja.

En esto se da cuenta de que una anciana enlutada se ha quedado plantada ante él y lo mira con expresión risueña.

—Buenas tardes. ¿Le gusta la lectura?

—¿Es que no te acuerdas de mí?

—Pues... la verdad...

—Soy la Casta. La del pueblo. La prima hermana de tu madre.

—Ah.

—¿Pero te acuerdas o no?

—Sí, sí.

—De crío venías mucho al pueblo con tus padres. Eras un chaval poco espabilado. Te pasabas el día tirándoles piedras a los palomos. ¿Te acuerdas?

—No... Eeeeh... Perdona, es que estoy ocupado.

Se ha congregado un pequeño grupo en torno a la anciana. Algunos se están riendo.

—Y ahora escribes libros. ¿Me lo regalas?

—No puedo, no son míos.

—Pero ¿no lo has escrito tú?

—Sí, pero son de la librería.

—Ah, bueno. En fin... ¿Te acuerdas de aquella vez que te cagaste encima? Te pusiste de mierda hasta los recopetines.

Una salva de carcajadas corea la afirmación de la anciana.

—No... No me acuerdo. ¡Por favor...!

—Pues es raro, porque tenías por lo menos diez u once años.

Más risas.

Por suerte, la anciana se da por vencida y se marcha con gesto de desagrado, lo que hace que los curiosos se dispersen.

Los minutos se transforman en horas (concretamente, en dos horas), y la multitud no mengua, pero el autor local no ha firmado ni un solo libro. Empieza a acusar la fatiga y el fracaso, y piensa que su empeño es inútil y hasta ridículo. Se ha despojado por fin de la chaqueta, que descansa exánime sobre el respaldo de la silla. Tiene sed, pero decide no abandonar su puesto para hacerse con un botellín de agua. Teme que algún sinvergüenza aproveche para lanzarse sobre la mesa desprotegida y arrebatarle uno o varios ejemplares, aunque sea sin dedicatoria ni firma. Gira la vista esperanzado hacia el stand de la librería y articula las dos sílabas de la palabra «agua» a la vez que se lleva una imaginaria botella a la boca. Nadie le devuelve la mirada salvo la pseudolibrera insolente, en cuyos labios pintarrajeados cree discernir las tres sílabas de la palabra «jódete». El autor local comprende que ha llegado el momento de recoger los bártulos y marcharse a casa. El abatimiento que siente es tan intenso que le hace llevarse las palmas de ambas manos a la cara. Imagina su aspecto si alguien se dignara mirarlo. Tan patético, tan digno de compasión, que tal vez alguien se pare por pura lástima y le compre un libro. El autor local comprende que no hay apenas diferencia entre él y un mendigo. Quizás debería sustituir el cartelito que lo anuncia por otro que diga «Es duro pedir, pero peor es robar».

—¡Hombreeeeee!

Es una mujer bajita y regordeta de cuarenta y tantos, pero tiene cara de niña. De hecho, la alegría que demuestra es casi infantil, con ese punto de locura que brilla en los ojos de los niños cuando se preparan para cometer una barrabasada. Lleva un vestido de florecitas muy ancho y calza bailarinas. Y se balancea alternativamente sobre un pie y el otro mientras mantiene las manos en la espalda.

El autor local piensa que está sufriendo una alucinación.

—¿Marta? ¿Cómo...? ¿Qué haces aquí?

—Ya ves. Me apetecía hacer un viajecito y qué mejor que aprovechar la fecha para saludarte. Veo que sigues con lo tuyo.

—Siempre. Pero… pensaba que no querías volver a verme.

La última noticia que el autor local tuvo de Marta fue a través del portero automático de su bloque de edificios, en Alicante. El autor llevaba más de una hora intentando que le abriera la puerta para poder darle explicaciones, pedirle perdón, prometerle que nada parecido volvería a ocurrir. Ella se obstinaba en no responder a sus llamadas, aunque el autor local tenía la convicción de que estaba en casa. Finalmente, sonó un clic y se activó la cámara del portero, así como el pequeño foco que iluminaba a quien accionaba el timbre. «¡Oye!» La voz de Marta, distorsionada a través del dispositivo electrónico, parecía cualquier cosa menos cordial. «¡Por favor, escucha! Solo quiero…» El final de su parlamento, inspirado en un éxito del dúo *Pimpinela*, nunca llegó a ser pronunciado. «Tengo el móvil en la mano para avisar a la policía —lo interrumpió Marta—. O te piras de mi puerta o te pongo una denuncia.» El autor local sopesó los pros y los contras de la situación y decidió dar media vuelta y encaminarse hacia su coche. La voz de Marta lo detuvo cuando apenas se había alejado unos metros: «Por cierto. Ni se te ocurra ridiculizarme en una novelita de esas tuyas o encontraré la manera de vengarme».

Hoy, un año y medio más tarde, el autor local está firmando ejemplares (esa era la idea, al menos) de su última novela. Se trata de un thriller policíaco, como inútilmente ha intentado explicar a varios posibles lectores que se han acercado a su mesa. En la novela, el protagonista-detective se embarca en la misión de resolver la muerte en condiciones misteriosas de una antigua novia cuyo nombre es Marta.

Marta (la de la vida real) toma con una mano uno de los libros que hay sobre la mesa. La otra sigue escondida en su espalda.

—Ya que he venido a propósito desde Alicante, qué menos que me firmes un libro.

—Faltaría más. Aunque tienes que comprarlo primero.

—¡Ah! ¿No me lo vas a regalar?

—Bueno... ¡Venga, sí! Te lo dedico y ahora después lo pago.

En autor local abre el libro por la página de cortesía y mira hacia las escasas nubes en busca de inspiración. Por fin, escribe la dedicatoria con su bolígrafo rojo y plateado, que se le escurre entre los dedos como si estuviera untado de aceite. Debe de ser el sudor. Las situaciones incómodas lo hacen sudar, y esta es una de las más incómodas que recuerda.

Marta toma el libro de su mano y lo abre.

—«A mi queridísima Marta —lee la mujer—. Por lo que pudo ser y no fue.» Muy bonito. Lo guardaré como oro en paño. Y muy entretenida la novela.

—¡Ah! Pero ¿la has leído?

—¡Claro! ¿Cómo iba a dejar de leer tu primera novela después de lo nuestro, después de que pasara lo que pasó?

El autor local decide que ha llegado el momento de batirse en retirada.

—Me alegro de que te haya gustado. En cuanto a aquello... Intenté explicártelo. Fue una chiquillada. Una broma que interpretaste mal. En fin, Marta. Yo me tengo que marchar. Justo cuando llegabas estaba a punto de cerrar el chiringuito. Ha sido estupendo volver a verte.

Ella hace como que no lo ha oído:

—Lo que no me ha gustado tanto es que el personaje de la difunta novia se llame igual que yo y se parezca tanto a mí.

—Bueno, ya sabes. Los novelistas... echamos mano de lo primero que nos viene a la cabeza. Nombres de amigos. Vivencias. No tiene importancia.

—Y luego están todos esos pormenores sobre mi vida que tan claros resultan para cualquiera que me conozca. Por no hablar de los detalles de alcoba. ¿De verdad tenías que contar lo de la vaselina?

—¡Mujer! Cualquier parecido con la realidad...

—Sí, sí. Lo adviertes al principio. Eso todavía me hizo leer con más atención. Pero lo peor, con diferencia, son los insultos. Loca del coño. Tarada. Reprimida. Niñata. Pija. Neurótica. ¡Ostras, si hasta me llamas «malfollada»!

—¡Por Dios, Marta! Es solo una novela. Solo ficción. Te creía más inteligente, la verdad.

—Sí, eso también me lo dices en la novela. Tontina. Cortita. Estúpida. Sin escatimar sinónimos. ¿Te acuerdas de lo último que te dije?

—¿Lo de que ibas a denunciarme? ¿Es que me vas a demandar?

—No, eso no, lo último, último.

—¿Lo de que encontrarías la forma de vengarte?

El autor intenta tragar saliva, pero hace mucho tiempo que no le queda ni una gota. Acaba de percatarse de que la mano derecha de Marta sigue detrás de su espalda. ¿Qué es lo que esconde?

Su brazo empieza a moverse.

Va a saberlo enseguida.

—¿Y ese trasto?

—¿No lo ves? Es un megáfono. Y de los buenos. Me lo ha dejado un amigo sindicalista. Es el que usa en las manifestaciones.

—¿Y qué piensas hacer con eso?

Marta le guiña un ojo y conecta el aparato, que se activa con un horrible pitido.

«¡VENGAN! ¡VENGAN TODOS! ¡NO SE LO PIERDAN!»

El autor local piensa que debería salir por piernas en este mismo instante. Pero la escena es tan inesperada, tan fascinante, que se encuentra totalmente petrificado, atornillado a su silla plegable, detrás de la mesa de camping en la que hay un cartel con su nombre escrito en voluminosas letras negras. Muchos curiosos empiezan a acercarse y algunos han sacado sus teléfonos móviles para grabar la escena. También aparecen un reportero y un cámara de la televisión local que han estado rondando por allí toda la tarde sin hacerle el menor caso. Ahora la cámara tiene el piloto encendido y el objetivo orientado hacia él y hacia Marta. El micrófono también los apunta. Los dependientes de la librería han dejado de atender a los compradores y miran hacia él boquiabiertos. Hasta la pseudolibrera impertinente parece impresionada. El autor local comprende que está viviendo un instante cargado de posibilidades y que casi todas ellas son funestas. Trata de imaginar cómo será su vida a partir de este momento y no lo consigue.

Marta parece satisfecha con la pequeña multitud que acaba de reunir y se dispone a empezar. Cuando se aclara la garganta, su carraspeo retumba como el rugido de un tiranosaurio rex.

—Este hombre que ven a mi lado —truena Marta a través del megáfono— es profesor en un instituto de esta ciudad, y también novelista. Mantuvimos una relación durante unos meses, cuando él acababa de divorciarse. Lo acogí en mi casa, lo traté de maravilla, se lo di todo... Un día, fui a casa de mis padres para celebrar el cumpleaños de mi madre. Él no quiso acompañarme. Dijo que era demasiado pronto para conocer a mi familia. De modo que lo dejé solo en mi casa, con un beso de amor y la comida preparada. Cuando ya había hecho la mitad del camino, caí en que me había dejado el regalo para mi madre y tuve que volver. Pues bien, al llegar por sorpresa, lo encontré...

El autor local no quiere que se lo trague la tierra. Eso no le parece suficiente, porque incluso en la profundidad del planeta seguiría sufriendo el bochorno y la humillación que siente ahora. La única salida digna que se le ocurre es hacerse con una lata de gasolina y quemarse a lo bonzo junto con los ejemplares de su última novela. Pero ¿de dónde demonios va a sacar ahora una lata de gasolina? La realidad de este momento le duele tanto que experimenta un desplazamiento extracorpóreo como los que cuentan que ocurren cuando uno se muere, aunque sabe que por desgracia sigue vivo. En su imaginación contempla un plano general de la escena desde el aire, como a vista de dron. Ve a Marta con el megáfono. Se ve a sí mismo congelado detrás de su mesa de firmas. Ve el círculo de al menos cien curiosos que los rodean, incluyendo la cámara de televisión en primera fila. Desde arriba, la voz amplificada de Marta suena algo más tenue, pero las risas se distinguen a la perfección. Entonces piensa en el maldito momento en que tuvo la gallarda ocurrencia de desoír la amenaza de Marta y de convertirla en el personaje caricaturizado de una novela. También recuerda aquella tarde en que se quedó solo en su piso porque ella había ido a celebrar un cumpleaños a casa de sus padres. Recuerda lo que hizo y cómo lo sorprendió Marta. Fue una chiquillada. Fue una tontería. Fue simple curiosidad. Y ni siquiera lo disfrutó. De hecho, la cinta del tanga le resultó muy incómoda y los corchetes del sujetador molestaban una barbaridad.

LO QUE NUNCA FUE

Ciertas cosas que recordamos con absoluta claridad resultan ser falsas. En otros casos ocurre todo lo contrario. Uno de los primeros recuerdos que conservo es el de haber adoptado una piedra como mascota. Yo debía de tener cuatro o cinco años, pero me acuerdo de la piedra como si la tuviera delante. Era un trozo bastante grande de roca caliza llena de agujeritos, como si la hubieran horadado gusanos u hormigas. Debía de estar prácticamente hueca, porque resultaba liviana hasta para un alfeñique como yo. Vivíamos en un pueblo entonces, y me acuerdo de que me paseaba por todo el lugar con aquel pedrusco en brazos, como si fuera un gatito. Incluso dormía abrazado a él. En otras circunstancias, seguramente me habría ganado la condición de tonto del pueblo, de la que me salvó mi corta edad y el hecho de ser hijo de uno de los maestros. Me he pasado la vida convencido de que este episodio de la piedra tenía que ser falso, uno de esos pseudorrecuerdos de los que hablan los psicólogos, los que inventamos para dotar de contenido esos primeros años de vida que, de otro modo, serían como una página en blanco. Pues bien, hace poco desenterré un viejo álbum de fotos de un armario de casa de mis padres y resulta que allí estaba yo, con mis pantaloncitos cortos y mis hermosos muslos, mi cara de bobalicón y mi amada piedra. Y era exactamente como la recordaba: el mismo tamaño, el mismo aspecto de asteroide en una película de serie B y los agujeros. Al verla, incluso me emocioné un poco, como si el afecto que la piedra me inspiraba de niño hubiera revivido al ver la foto. Aquella prueba material de la existencia de la piedra validaba toda mi infancia, como si mis recuerdos hubieran abandonado el territorio de la ficción para ingresar de forma rotunda en la realidad. Y eso es justo lo contrario de lo que me ha ocurrido con mis recuerdos de Alicia, con la que creía llevar diez años casado, y de Roberto, el hijo que (supuestamente) tenemos en común.

Hasta hace unos días mi familia era para mí una realidad incuestionable, el auténtico eje de mi existencia desde hace una década. Hoy, sin embargo, estoy en condiciones de afirmar que mi mujer y mi hijo, así como el sinfín de emociones y vivencias asociados a ellos, no son otra cosa que dos parásitos fantasmales creados por mi imaginación para suplir quién sabe qué. El problema es que no han desaparecido sin más. Quiero decir que los sigo viendo, como si en efecto estuvieran conmigo. Sigo despertando por las mañanas y sintiendo el cuerpo cálido de Alicia cerca del mío, y su aliento acariciándome suavemente la cara. Sigo tomando el desayuno que mi mujer ficticia nos prepara a mi hijo inexistente y a mí. Y a continuación llevo a Roberto al colegio antes de continuar hacia mi oficina, aunque sé que ese desvío y esa parada ante la puerta del colegio carecen de propósito, y que nadie se baja del coche y me dice adiós con la mano. Mi jornada transcurre de forma apacible, como la de tantos hombres solteros habituados a su situación, con la diferencia de que sobre la mesa de mi escritorio hay una foto enmarcada que no debería estar allí, y que de hecho no está (me bastaría con estirar el brazo para comprobar que se trata de un objeto impalpable). Por la tarde, regreso a casa y la encuentro limpia y ordenada, aunque sé que no es gracias al celo de Alicia como ama de casa, sino a que yo mismo dedico varias horas de la noche a las tareas domésticas, aunque luego no recuerde haberlo hecho. Busco la no-presencia de mi mujer y le doy un beso en los labios que no es más que un chasquido en el aire. Y después me siento con mi hijo inexistente para ayudarle con sus deberes ficticios antes de la cena, una cena para tres que en realidad es solamente para uno. A pesar de no ser más que una jugarreta de mi mente, el niño está bien educado y se va a la cama enseguida, y yo me acurruco en el sofá junto a mi supuesta esposa, ese metro cúbico de aire al que yo concedía entidad y existencia hasta hace bien poco. Vemos un episodio de alguna serie que solo me gusta a mí, pues no hay nadie más para opinar sobre ella. Por último, nos vamos a la cama y leo un rato, a sabiendas de que no estoy molestando a nadie por tener la luz de la mesilla encendida. Y a veces hacemos el amor, que era el modo en que yo llamaba a mis actos de masturbación antes de comprender la triste realidad.

Al hablar de la «triste realidad» me refiero a que los inventé a ambos. Primero a Alicia, a la que supuestamente conocí en una discoteca del distrito de Tetuán que jamás pisé por la sencilla razón de que nunca ha existido. Yo había acudido con unos amigos que también inventé para la ocasión, y ella, en el centro de una pista fantasmal, bailaba un tema que David Guetta jamás grabó. Siguió un noviazgo intenso aunque imaginado, que culminó en una boda sin iglesia ni invitados ni banquete, y en un viaje de novios a un lugar del Caribe donde nunca he estado. Y un par de años después vendría Roberto, cuyo nacimiento nadie salvo yo recuerda, y cuya infancia queda refutada por un álbum completo cuyas páginas están vacías.

En fin, he vivido durante diez años en medio de una alucinación que todavía continúa, la de estar casado con una mujer maravillosa y haber tenido un hijo precioso con ella. De hecho, ahora mismo los estoy viendo a ambos jugando en la piscina pública, salpicándose agua mutuamente, y rodeados de gente que no puede verlos por el sencillo motivo de que ninguno de los dos está ahí. Hasta hace unas semanas jamás habría puesto en duda la realidad de esta escena. Ahora sé que todo está dentro de mi cabeza, y que su presencia es tan ilusoria como si de pronto, en medio de esta piscina municipal, irrumpiera un tiburón blanco y se liara a dentelladas con todos los bañistas.

Y ahora, para que esta crónica quede completa, voy a responder a la pregunta de cómo descubrí que tanto mi mujer como mi hijo y todos los recuerdos que asocio a ellos (que, a decir verdad, forman el grueso de mi memoria durante los dos últimos lustros) no son más que un espejismo.

Todo ocurrió durante la fiesta del séptimo cumpleaños del niño (o, citando a Lewis Carroll, su fiesta de no-cumpleaños). En mi imaginación, Roberto llevaba semanas dando la tabarra con que quería tener una fiesta a la que invitar a todos sus compañeros de clase, y tanto insistió que, secundado por su madre, acabó por convencerme. Compré un kit de fiesta para cada uno de los niños de su clase, con sus gorritos, sus serpentinas y sus matasuegras. Decoré el salón de casa con letras colgantes que decían «feliz cumpleaños», y muchos globos. Preparé, con la ayuda de Alicia (o eso creía yo) varias bandejas de bocadillos, fuentes de gusanitos y botellas de dos litros de Fanta y Coca-Cola sin azúcar ni cafeína. Organicé varios juegos para que los críos se divirtieran, incluyendo un concurso de karaoke. Y, por supuesto, no olvidé enviar las invitaciones a través del grupo de wasap de la clase de Roberto, que era el 2º B de primaria. Y ya solo quedaba esperar a los invitados.

Pero quienes llegaron no fueron los niños acompañados de sus padres, sino dos agentes de policía con muchas preguntas, como por ejemplo por qué me había infiltrado en un grupo de madres y padres cuando yo no tenía ningún hijo en esa clase ni en el colegio ni en ninguna parte, y cuál era mi propósito cuando asistía a las reuniones del colegio o solicitaba tutorías con la perpleja maestra, una señora a punto de jubilarse que no había dado antes la voz de alarma porque atribuía a su mala memoria el hecho de no recordar que hubiera un Roberto entre los niños de su clase. Estaba claro que aquellos dos policías me habían tomado por un pederasta que había montado una fiesta infantil con quién sabe qué propósitos perversos. De hecho, me detuvieron y me llevaron esposado al calabozo, de donde solo logré salir tras comparecer ante el juez con la asistencia letrada de mi amigo Ramón, que por fortuna resultó ser completamente real. Ahora estoy a la espera de juicio y tengo que pasar por comisaría dos veces por semana para que comprueben que no estoy depredando niños por ahí.

Pero eso es lo de menos.

El auténtico problema era el descubrimiento de que mi vida es una mentira, como comprobé empíricamente al regresar a casa. Alicia preparaba la cena y Roberto me esperaba para hacer sus deberes. Una imagen perfecta de armonía familiar. La primera constatación la realicé con el niño, al que arrojé al vacío desde la terraza del décimo piso en el que vivimos, aunque solo para verlo desmaterializarse en el aire a la altura del segundo para reaparecer al instante, como si tal cosa, sentado a la mesa del salón con sus cuadernos abiertos delante. En cuanto a Alicia, me acerqué a ella mientras freía croquetas congeladas y descargué un golpe tremendo sobre su cráneo con mi pisapapeles de cristal de roca, que atravesó la cabeza de mi mujer sin encontrar resistencia ni provocar el menor daño. «La cena está lista», anunció Alicia dando la vuelta y brindándome la más encantadora de sus inexistentes sonrisas.

Al final, tras algunos intentos más de hacer desaparecer a estas sombras de mi imaginación, he concluido que mi vida, ilusoria o real, tampoco está tan mal. De hecho, seguramente las haya mucho peores. Siempre he pensado que el secreto de una existencia plena consiste en dominar el arte de conformarse, por lo que he tomado la decisión de reanudar mi vida como si nada hubiera ocurrido, aunque procurando no volver a cometer errores tan tontos como el de la fiesta de cumpleaños.

Por lo demás, lo único que me obsesiona ahora es recuperar aquella piedra de río llena de agujeritos que fue mi primera mascota, y puede que la única real que haya tenido en toda mi vida, pues sospecho que mi gato *Pirracas* y mi perrita *Wendy*, que fueron mis compañeros de la infancia, pudieron surgir del mismo lugar que mi esposa y mi hijo, es decir, de mi imaginación. Si encuentro la piedra, podré decir que ha habido algo real en mi vida, algo tangible, algo a lo que poder abrazarme durante las incontables noches de soledad que sin duda me aguardan.

OVER THE RAINBOW

En *El Mago de Oz* Judy Garland cantaba sobre un lugar que hay encima del arco iris. Yo conozco ese lugar. De hecho, vivo allí.

El Rainbow es un club de ambiente gai. Justo encima, en el primer piso, está mi casa.

Lo primero que deseo hacer constar es que no soy homófobo. O por lo menos no más que el ciudadano medio. Con esto quiero decir que no apruebo el exhibicionismo ni la extravagancia, y al menos una parte del colectivo tiende a ambas cosas. Tampoco he tenido amigos gais, que yo sepa. Por lo demás, estoy a favor de que cada uno viva su vida como le plazca y se empareje con quien le venga en gana, ya sea con una persona del mismo sexo, con una cabra o con un inspector de Hacienda. Yo, concretamente, he decidido no emparejarme con nadie. Y no porque no pueda, sino porque estuve casado con una mujer que resultó ser muy mala persona, lo que me deparó una hermosa cornamenta y un divorcio horrible del que salí muy perjudicado económica y emocionalmente. Después de un cambio de domicilio (a peor, como pronto se verá) y una baja laboral de seis meses, logré volver paulatinamente a la vida, pero convertido en un tipo desconfiado y huraño, y también algo misógino. Pero homófobo, lo que se entiende comúnmente por homófobo, afirmo rotundamente que no lo soy.

El club Rainbow está situado en un local que hasta entonces había ocupado un restaurante chino, establecimiento que nunca me ocasionó la menor molestia y al que bajaba a comer de vez en cuando, pues a lo económico del menú se sumaba mi devoción por la ternera con salsa de ostras, que era la especialidad de la casa. Por desgracia, el restaurante sufrió un revés que nada tuvo que ver con la escasez de clientela, sino con ciertas desavenencias entre el propietario y el cocinero que se saldaron con la yugular del primero seccionada por el cuchillo del segundo. El crimen trajo como consecuencia el cierre del restaurante y la orfandad del local, que quedó vacío durante cerca de un año, período durante el cual mis temores y aprensiones no dejaron de multiplicarse.

El barrio estaba cambiando. Reconozco que vine a vivir aquí porque mi situación económica tras el divorcio no me permitía nada mejor. Pero la zona me gustaba. Era un barrio humilde, aunque tranquilo y bien comunicado. De pronto, quién sabe por qué, comenzó a convertirse en zona de moda, lo que hizo que proliferaran los locales nocturnos, con los consiguientes ruidos y molestias para los vecinos. Un local vacío en semejante zona parecía estar pidiendo a gritos que se instalara allí un bar, y yo, que vivía justo arriba, era el vecino del edificio con más posibilidades de resultar damnificado. Como de hecho ocurrió.

Y ahora me veo obligado a repetir, por miedo a que no se me haya entendido bien, que mi problema no era la orientación sexual de los parroquianos del Rainbow. Lo que los señores que lo frecuentaban hicieran de puertas para adentro me daba exactamente igual, aunque incluyera látigos, cadenas y vaselina a garrafas. Mientras a mí no me provocara molestias, lo mismo me habría dado que, en lugar de un local de ambiente, lo que se hubiera instalado allí hubiera sido una sociedad gastronómica o una cofradía de pescadores. Pero las molestias comenzaron enseguida. Y eran terribles. Hasta diría que insoportables. Y no se limitaban al fin de semana. La música invadía mi vivienda noche tras noche, lo que me convertía en invitado involuntario de una fiesta que nunca terminaba. Y no solo era la música, sino la zapatiesta constante de voces y gritos, de vidrio entrechocado y taburetes arrastrados. Siempre ignoré cuánto habían gastado los arrendatarios del local en aislamiento acústico, pero a buen seguro mucho menos que en el formidable equipo de sonido que atronaba allí debajo.

Venciendo mi tendencia natural a ignorar y despreciar a mis vecinos, asistí a una reunión de la comunidad de propietarios y expuse mi pro-

blema en el turno de ruegos y preguntas. Buscaba solidaridad y apoyo, que se adoptara alguna
medida en común para poner freno a los desma-
nes del Rainbow. Sin embargo, en apariencia
era yo el único que sufría por culpa de los ruidos,
que al resto de los vecinos no parecían molestar-
les. De hecho, la pareja de lesbianas del quinto
me tacharon de homófobo y me recomendaron
que me fuera a vivir a una caverna y me entre-
tuviera decorándola con pinturas rupestres. En
ese momento comprendí que estaba solo contra
el mundo. O al menos solo contra el lobby gai.

Comenzaba a sentirme desesperado.

Como saben muy bien todos los torturadores
que en el mundo han sido, la privación de sueño
es una de las formas más eficaces de destruir
psicológicamente a una persona. Y yo apenas
dormía desde que el Rainbow había abierto sus
puertas. Entre semana el local cerraba a las
dos, pero esto era un decir, porque la juerga
seguía con la persiana bajada, a veces incluso
más ruidosa que durante las largas horas en
que estaba abierto al público. Pero las noches
del fin de semana eran un auténtico pandemónium de trasnochadores, como si una sucursal
del infierno se hubiera instalado bajo mi vivienda. Dada mi condición de vecino del averno, me
debatía entre el agotamiento y el desánimo. Y
sin embargo pasaron semanas antes de que me
decidiera a hacer algo al respecto. Sabía que me
había quedado solo con mi problema y esto me
atormentaba. De ahí mi indecisión.

Pero llegó el mes de junio y la Semana del Orgullo, y la algarabía alcanzó una magnitud tal que ya no me fue posible seguir escondiendo la cabeza bajo tierra. Las orgullosas huestes gais ya no se conformaban con permanecer dentro del local, sino que tomaron la calle como si de unas fiestas patronales se tratara. La posibilidad de conciliar el sueño se convirtió en una quimera, y lo más grotesco era que a nadie parecía importarle. Salvo a mí, naturalmente. Al cabo de incontables reproducciones de *Sobreviviré* y *A quién le importa* en horario de madrugada, acompañadas de coros ensordecedores y de bailes que hacían temblar mi suelo y mis paredes, yo había quedado reducido a una piltrafa insomne y ojerosa. Así pues, me armé de valor, pedí la mañana libre en el trabajo y fui al ayuntamiento a presentar una queja.

No me hicieron demasiado caso. Tras esperar casi una hora a que me llegara el turno, un desganado funcionario me escuchó sin disimular su impaciencia. Sin la menor empatía con mi problema, me pidió en varias ocasiones que fuera al grano. Por último, me preguntó si había presentado la correspondiente denuncia (el sustantivo «denuncia» siempre ha de ir acompañado del adjetivo «correspondiente» para que obre los «efectos oportunos»). Le respondí que no y me dijo que sin denuncia no se podía incoar expediente por vulneración de la ordenanza del ruido, de modo que ni siquiera se iba a molestar en darme el impreso, que de todos modos podía presentar on-line a través de la oficina virtual del ciudadano, acompañado de la «correspondiente denuncia» y siempre y cuando dispusiera de certificado digital o Cl@ve PIN. A continuación, bajando el tono de voz como si la información que iba a facilitarme fuera confidencial, el funcionario me aseguró que el asunto pintaba mal. En otro caso no habría habido problema, pero tratándose de un local de las características del que me amargaba la vida, lo más probable era que cualquier denuncia se convirtiera en papel mojado. El funcionario pareció sorprendido cuando le aseguré que no entendía lo que me estaba diciendo. «¡Pues porque es un bar de gais, hombre de Dios! Los maricones se han vuelto intocables. Igual daría que presentara usted su denuncia contra la parroquia del padre Ángel o contra la Comandancia de la Guardia Civil». Eso me contestó.

Volví a mi casa presa del desánimo. Pero más me desanimé esa madrugada, cuando el estruendo se volvió tan ensordecedor que en algunos momentos no parecía sino que la fiesta se hubiera trasladado al salón de mi casa y que los danzantes estuvieran ejecutando sus piruetas sobre mi cuerpo torturado. Pensé que había llegado el momento de mirar al monstruo cara a cara, de modo que, aprovechando un repentino arranque de valor, bajé a la calle y me aventuré en el Rainbow con toda la decisión que fui capaz de mostrar.

Lo primero que sentí fue una sensación de ahogo, casi de asfixia, provocada por el hecho de encontrarme en medio de un enjambre de cuerpos en movimiento que amenazaba con engullirme. Estuve tentado de gritar, pero comprendí que no iba a servirme de nada en un lugar donde todos gritaban, cantaban, aullaban o contribuían de algún modo a la algarabía reinante. Mi segundo instinto fue el de dar media vuelta y ganar la calle por piernas, pero esa posibilidad estaba fuera de mi alcance a menos que me salieran alas y pudiera levantar el vuelo para zafarme de aquella multitud. Mucho más sencillo me pareció aprovechar la corriente que me empujaba hacia la barra, que era precisamente el sitio al que quería llegar. Cuando lo conseguí, aproveché el milagroso hallazgo de un taburete vacío para fijar mi posición. Una vez creada una cabeza de puente, incluso me pude permitir el lujo de echar un vistazo a mi alrededor.

Reconozco que me sentí decepcionado al comprobar que aquello no era lo que esperaba. No vi a nadie vestido de forma demasiado estrambótica, ni chalecos de cuero con tachuelas ni gorras de motorista ni lentejuelas. Lo más destacable era la juventud de la mayoría de los parroquianos y el hecho de que no distinguí a ninguna mujer entre ellos. Es cierto que muchos lucían la bandera LGTBI+, bien impresa en sus camisetas o sobre su cara a modo de pinturas tribales. Por lo demás, el local no se distinguía demasiado de cualquier antro juvenil de los que yo frecuentaba en mis años de universidad. Salvo tal vez por la *drag queen* que vi contonearse sinuosamente entre la multitud como una deidad hindú. Iba caracterizada a lo Marilyn Monroe con algún toque flamenco, y sobresalía como medio metro de los danzantes que la rodeaban, seguramente gracias al uso de zancos o de unas plataformas que cumplían una función análoga. Pero yo no estaba allí para observar a la parroquia, sino para hacer oír mis protestas de la manera más enérgica y contundente.

Había dos camareros tras la barra. Traté de llamar la atención del más cercano, un tipo grandote cuyos bíceps parecían a punto de reventar las mangas de su camiseta. Sin embargo, el forzudo agitaba una coctelera al tiempo que balanceaba las caderas al ritmo de la música, y no parecía importarle otra cosa que disfrutar de los aplausos y los vítores de un grupo de admiradores que se había congregado ante él. El que estaba más allá era un tipo de aspecto completamente normal que parecía ocioso en ese momento, de modo que traté de llamar su atención extremando la gesticulación y exagerando las señas. Incluso di unos saltitos sobre mi taburete para que me viera. Por fin se acercó a mí con gesto de hastío, no sin antes dedicar una mirada de reproche a su compañero, el de los bíceps hipertrofiados, que seguía sacudiendo la pelvis y la coctelera.

—¿Qué te pongo? —me espetó a grito pelado para hacerse oír sobre la música.

—Nada —respondí elevando la voz de un modo parecido—. Quería hablar con el encargado. Hacéis mucho ruido.

—¿Cómo dices?

—¡Digo que quiero hablar con el encargado, que hacéis mucho ruido!

—Perdona, no te entiendo. Aquí hay mucho ruido.

Noté que empezaba a impacientarme a la vez que me sentía más incómodo a cada instante. «¡El encargado, el encargado!», vociferé.

—¡Ah, que quieres ver al encargado! Pues estás de suerte. Justo al lado lo tienes.

Me volví hacia mi derecha y mi nariz se encontró a un palmo de la cara del hombre sentado junto a mí, quien al parecer era el dueño o encargado. El individuo me contempló con unos ojos extremadamente azules y me sonrió mostrando unos dientes tan blancos y brillantes que casi me vi reflejado en ellos. No vi mucho más, salvo que vestía una camiseta confeccionada con una especie de gasa negra semitransparente que dejaba ver un musculado pecho en el que campeaban dos enhiestos pezones masculinos.

—Hola, soy Max —me dijo el encargado con un tono de voz tintineante que casi te permitía creer que se alegraba de verte—. No te había visto antes por aquí. ¿En qué puedo servirte?

No sé lo que me ocurrió. Ignoro si lo que sentí fue miedo o vergüenza. Lo único de lo que estoy seguro es de que en aquel instante salí catapultado de mi taburete y me precipité hacia la puerta.

Un par de minutos después estaba en mi casa tomando una ducha. Una ducha fría, claro. Aquel mes de junio estaba siendo muy caluroso.

Me resulta difícil relatar los acontecimientos que siguen. De hecho, me siento fuertemente inclinado a no hacerlo. A fin de cuentas, nadie me obliga a completar esta crónica, y mucho menos a decir la verdad. Pero he decidido hacer tanto una cosa como la otra porque resultaría absurdo mentirme a mí mismo u ocultarme información que, de todos modos, ya poseo, pues corresponde a mi propia experiencia. Mi deseo es que estas líneas no sean leídas nunca por ojos ajenos. Si tal fuera el caso (es decir, si los ojos que las recorren fueran otros que los míos) ruego al entrometido lector que desista de inmediato y se vaya a tomar por saco.

Los acontecimientos que siguen empiezan conmigo muriéndome de bochorno en la soledad de mi casa. ¿De qué me había servido reunir el valor necesario para colarme en la guarida del lobo y plantarme ante el lobo en persona si luego había sido incapaz de decirle una palabra? Y no había sido por miedo. Estoy seguro de que no. Había sido por la sorpresa de encontrarme a un hombre con un aspecto tan agradable, cuando yo esperaba un gorila barbudo o un fantoche afeminado. Y sí, el tal Max iba levemente maquillado y vestido de un modo poco convencional, pero irradiaba un magnetismo que me había dejado mudo y me había puesto en fuga. Y ahora no me lo podía quitar de la cabeza.

Pero la buena impresión que me había causado el dueño o encargado no contrarrestaba mi vergüenza, sino que más bien la acentuaba. Y mi problema de ruido e insomnio seguía igual, aunque es cierto que el final de las festividades del Orgullo trajo consigo un cierto alivio que duró únicamente hasta el siguiente fin de semana.

Finalmente, persuadido de que iba a ser incapaz de tomar las riendas y abordar el problema en persona, opté por personarme, en cambio, en una comisaría de la policía local y poner una denuncia por molestias y ruidos. El agente que redactó mi escrito de denuncia no pudo contener una sonrisa cuando mencioné el nombre y la dirección del establecimiento que me estaba amargando la vida. No hizo comentarios, pero su gesto fue de lo más elocuente. Sin decirlo, me estaba diciendo que estaba perdiendo el tiempo y haciéndoselo perder.

Los días posteriores estuve pendiente de que algo ocurriera. Y llegó un viernes de julio en el que el escándalo era tan abrumador que se había derramado fuera del Rainbow e invadido la calle. La música sonaba como si toda una discoteca ibicenca se hubiera trasladado al piso de abajo, y el griterío recordaba más a un disturbio urbano que a un simple festejo. Comprendí que había que tomar cartas en el asunto y descolgué el teléfono para comunicar a las fuerzas del orden lo que estaba ocurriendo. Me aseguraron que mandarían una patrulla lo antes posible. Y mi sorpresa fue grande cuando desde mi ventana vi que un coche de la policía local se detenía ante la puerta. Me dije que quizás aquel era el principio del cambio que llevaba meses anhelando.

Permanecí expectante, convencido de que la música atronadora cesaría en cualquier momento. Sin embargo, nada ocurrió. Los éxitos de Lady Gaga siguieron atormentándome con la misma potencia y los celebrantes callejeros no depusieron su actitud. Y al cabo de más o menos media hora, cuando empezaba a pensar que los dos agentes que habían entrado en el Rainbow habían decidido quedarse a vivir allí, vi como ambos salían del club acompañados de una tercera persona que resultó ser el propio Max, el encargado, que a la sazón vestía unos vaqueros ajustados y una camisa de seda de color burdeos muy entallada. El encargado (o dueño, que aún ignoraba si era una cosa o la otra) y los dos policías permanecieron un rato junto al coche, charlando y fumando como amigos de toda la vida. En cierto momento los tres miraron hacia mi ventana, comentaron algo y rompieron a reír como si yo fuera el chiste más gracioso del mundo. Luego los agentes se fueron y Max volvió a su reino. Y yo me sentí un solemne cretino.

Aquello no podía continuar. Y ya no se trataba únicamente del ruido y las molestias. Era una cuestión de amor propio. Durante unos días me debatí con las ideas más disparatadas, como por ejemplo el sabotaje. ¿Y si lanzaba un par de cócteles Molotov contra el local? La idea no era solamente insensata, sino además autolesiva, toda vez que mi vivienda estaba situada en el piso superior. ¿Y si le pagaba a un grupo de *skinheads* para que asolaran el Rainbow y de paso vapulearan a los parroquianos? Ni pensarlo. Seguramente el vapuleado acabaría siendo yo. ¿Y si contrataba a un abogado para que presentara una demanda? Esa me parecía la idea más estúpida de todas.

Finalmente, tras varias noches de insomnio amenizadas por la música que brotaba desde abajo, decidí que la única forma digna de proceder pasaba por volver a reunir los arrestos necesarios para descender de nuevo a los infiernos y entrevistarme con Max, mi némesis, al que por algún extraño motivo no lograba apartar de mis pensamientos. Sin embargo, dado el accidentado y prematuro final de mi anterior encuentro, comprendí que no podía presentarme ante el encargado del Rainbow sin más, pues lo más probable es que terminara desarbolado y en retirada, como la vez anterior. Necesitaba algún tipo de protección. Una armadura, por así decirlo.

Pero no una armadura convencional.

Comprendí que mi ocasión había llegado cuando, unos días después, vi que en la puerta del club habían colgado un gran cartel en el que se anunciaba una fiesta de disfraces temática. Mi idea no era difícil de plasmar. De hecho, me bastó con un par de sencillas búsquedas en internet para reunir todas las piezas de mi armadura: un delantal de cuadros azules, una blusa blanca de manguitas afaroladas, unos zapatos de tacón bajo cubiertos de lentejuelas rojas y una peluca con lazos y coletas. ¡Ah, y un perrito de peluche de color negro!

Así pertrechado, y tras un par de toques finales de maquillaje, descendí de nuevo al Rainbow confiado en que esta vez iba a ser la definitiva.

El local no estaba tan repleto como en la ocasión anterior, quizás por lo temprano de la hora (apenas pasaban quince minutos de la media noche). Debido a la temática de la fiesta, abundaban los disfraces de bruja y de mono con alas. También vi dos o tres espantapájaros y como media docena de leones cobardes. Y un Hombre de Hojalata que debía haber gastado en la confección de su disfraz su presupuesto de papel de aluminio para todo el año. Curiosamente, yo era la única Dorothy a la vista. Habían colocado un simulacro del camino de baldosas amarillas que iba desde la puerta hasta la barra y, muy en mi personaje, me apresuré a recorrerlo dando saltitos mientras en los altavoces sonaba la canción *Follow the Yellow Brick Road*, con una pequeña cesta de mimbre en mi mano izquierda y Totó firmemente sujeto con la derecha, ya que, al tratarse de un perro de peluche, no podía seguir a su ama como en la película. Mi entrada, desde luego, no pasó desapercibida. Los parroquianos, ataviados como los distintos personajes, me abrieron camino y aplaudieron y aclamaron a mi paso, como le ocurre a la Dorothy de la película cuando pone rumbo a la Ciudad Esmeralda para pedirle al Mago que la devuelva a su casa. La Ciudad Esmeralda era precisamente la temática elegida para decorar la barra, que había sido forrada de celofán verde. Tras ella se alzaban las refulgentes torres de la mágica ciudad.

Dejé mi cesta y al pequeño Totó sobre la barra y miré a mi alrededor con la esperanza de ver a Max. Mi entrada triunfal en el Rainbow me había insuflado una gran confianza y me sentía dispuesto a cualquier cosa, incluso a enfrentarme al perturbador encargado del club y hacerle saber mis exigencias con respecto a su flagrante incumplimiento de las ordenanzas sobre ruidos y horarios. A Max no lo distinguí, pero mi cohorte de admiradores seguía arracimada en torno a mí como si esperaran algo. Y entonces oí los primeros compases de la inmortal *Somewhere Over the Rainbow,* la balada que interpreta Judy Garland al principio de la película, ataviada exactamente como yo en ese momento. De pronto comprendí que lo que estaban esperando era que interpretara la canción para ellos. Y no me hice de rogar. Soy un fan de la película, me sé la letra de la canción de memoria y tengo una voz de barítono bastante decente. Así pues, sobre el fondo de la música, comencé a cantar aquello de que hay un lugar sobre el arco iris, allá en lo alto, y todo lo demás. Lo hice con gran sentimiento, como transportado a ese lugar, que ya no era el humilde piso donde yo vivía asediado por el ruido y la soledad, sino una tierra de maravillas en tecnicolor donde los cielos son azules, las desgracias se disuelven como caramelos de limón y los sueños que uno se atreve a soñar se hacen realidad.

—¡Vaya, parece que ya no estamos en Kansas!

Max se había disfrazado para la ocasión como el (falso) mago de la película, con una casaca de color verde oscuro, con chaleco de seda, corbata de lazo y leontina dorada. Parecía un tahúr en un vapor del Mississippi, y temí no ser capaz de dirigirle la palabra, como había ocurrido en la ocasión anterior. Pero mi armadura funcionó:

—Poderoso Oz —le dije—. Soy tu vecino de arriba y hace meses que no puedo descansar por culpa de la música y el ruido que surgen de tu reino.

Max me regaló el tintineo de su risa.

—Te estaba esperando, Dorothy —me dijo—. Déjame que te invite a un whisky por las molestias y veamos qué podemos hacer para solucionar tu problema.

Después de media botella de un excelente Macallan de doce años, yo había puesto a Max al corriente de mi problema con el ruido y del resto de mis problemas en la vida. El tipo era un magnífico oyente y parecía genuinamente interesado en todo lo que le estaba contando. Sin embargo, puede que mi disfraz de Dorothy Gale provocara el efecto indeseado de que no me estuviera tomando en serio, pues, al margen de las sonrisas y los asentimientos con la cabeza, no acababa de brindarme la solución que yo había bajado a pedirle. Aunque llegó un momento en que Max debió de comprender que yo no estaba allí a causa de su excelente whisky y de la calidez de su sonrisa, porque me propuso:

—¿Qué te parece si subimos a tu casa para que pueda hacerme una idea clara de la gravedad de las molestias que te estamos causando?

Me pareció la idea más lógica del mundo.

Han pasado un par de semanas desde aquello y estoy buscando nueva casa para mudarme. Max fue muy amable conmigo. Muy tierno. Hasta me trajo el desayuno a la cama al día siguiente. Yo, sin embargo, lo estoy rehuyendo desde entonces, a pesar de sus muchas llamadas y mensajes. Ya dije al principio que no soy homófobo, pero no me apetece seguir con esto, por mucho que él se plante bajo mi ventana a las cuatro de la mañana para gritarme que está enamorado y que le dé una oportunidad. O de que todas las madrugadas suene *Over the Rain-bow* a todo volumen para que no olvide que él está justo debajo y piensa en mí. Yo tampoco puedo dejar de pensar en él, pero sería un cambio demasiado brusco y, dada mi edad y mi condición, solo aspiro a una vida tranquila y sin complicaciones. Confieso que he probado a ponerme los zapatos de Dorothy y a entrechocar los talones al tiempo que deseaba «¡quiero estar muy lejos de aquí, donde no pasen estas cosas!»

Pero aquí sigo.

CANÍBALES

Lo de comernos a la profesora de Educación Física no lo decidimos así, de sopetón. Ya llevábamos un tiempo comiendo bichos de distintas especies. Todo empezó con Clara y sus retos. Los primeros los sacaba del TikTok. Eran tonterías como lamer las suelas de los zapatos de las otras dos o soportar pellizcos hasta que los brazos o los muslos te ardían y se cubrían de moratones. Luego se puso de moda lo del estrangulamiento, y con eso nos llevamos el primer susto de verdad. Clara se lo hizo a Victoria mientras yo grababa con el móvil. Apretó el brazo en torno a su cuello hasta que la dejó inconsciente. Pero es que cuando la soltó seguía con los ojos en blanco y no volvía en sí. Y ya estábamos a punto de hacerle el boca a boca cuando Victoria resucitó entre toses y jadeos. Luego nos dijo que las bragas se le habían mojado del gusto, como si hubiera ido al cielo y se la hubiera follado un ángel. Se empeñó en que volviéramos a hacérselo porque se había quedado a medio, pero Clara se negó en redondo y le dijo que mejor se comprara un Satisfyer.

Las tres éramos alumnas del colegio de El Pilar. Siempre estábamos juntas, desde primaria, y nunca aceptamos a nadie extraño en nuestro grupo. Con el tiempo, esto nos hizo ganarnos fama de raras. Éramos las tres frikis de 3° de la ESO, lo que nos daba completamente igual mientras nos dejaran tranquilas, aunque eso no siempre ocurría. De hecho, más de una intentó tocarnos las narices, pero a esas siempre les pasaba algo malo. Como aquella vez que una chica de cuarto insultó a Clara y la tiró al suelo de un empujón, y a los pocos días su taquilla apareció forzada y llena de caca de arriba abajo, con toda su ropa de deporte y sus libros dentro. Aunque peor fue lo de aquella tipa grandota de bachillerato que decidió hacernos la vida imposible, la que se inventó el mote de «las tortigóticas» (por «góticas» y «tortilleras», por si alguien no lo ha pillado) y trataba de humillarnos siempre que tenía ocasión. Pues bien, cierto día todo el mundo empezó a recibir por el wasap un vídeo en el que la chica en cuestión aparecía morreándose y sobándose con una compañera de clase en uno de los servicios del colegio. La cosa dio tanto de sí que se tuvo que cambiar de colegio a medio curso. Y tambíén su novia.

Aquellas pequeñas obras maestras de la venganza fueron cosa de Clara (¿de quién si no?). Nadie las pudo relacionar con ella, pero a todo el mundo le quedó claro que meterse con nosotras equivalía a desgracia garantizada, y que lo mejor era dejarnos en paz con nuestras rarezas, que era justo lo que íbamos buscando. Tampoco puedo explicar muy bien por qué queríamos permanecer aisladas del resto de las chicas del colegio. Supongo que teníamos muchas cosas en común, y que tanto Victoria como yo habíamos aceptado a Clara como mentora. Era nuestra líder natural, y gracias a su ejemplo e inspiración habíamos logrado crear un universo propio en el que nos sentíamos a nuestras anchas. Es más, nos sentíamos protegidas, a lo que no habríamos renunciado por nada del mundo. Eso no quiere decir que todas sus ideas fueran buenas, como aquella manía de los retos.

Y eso que el primer desafío relacionado con la comida se me ocurrió a mí. Fue una tarde después del colegio. Estábamos en casa de Victoria y nos aburríamos. Yo miraba el pez de mi amiga, que nadaba perezosamente dentro de su bola de cristal llena de agua. Era una carpa de color naranja, uno de esos bichos de aletas largas y vaporosas que parecen sacados de una pintura china. A mí me daba un poco de asco. Su dueña, en cambio, lo adoraba hasta el extremo de que le había puesto nombre. Lo llamaba *Sirenita*, nada menos. Así de tonta e infantil podía ser nuestra amiga. El caso es que, mientras contemplaba sus idas y venidas dentro de la pecera, me vino a la cabeza la idea de que un pez tan gordo podría alimentar a una persona durante un día entero. Y entonces lo solté, así sin más, como quien vomita de repente:

—¡Clara! —dije—. ¡Te reto a que te comas a *Sirenita*!

Victoria miró a su querida carpa y se volvió hacia mí con expresión espantada. Empezó a negar con la cabeza y quiso decir algo, pero Clara no le dejó hablar. La vimos incorporarse muy decidida y meter la mano en la pecera, y a continuación llevarse la mano a la boca. En aquel momento nos daba la espalda, por lo que tanto Clara como yo pensamos que estaba de broma. Pero cuando se dio la vuelta comprobamos que la cosa iba muy en serio. Tenía los carrillos hinchados y la cola de *Sirenita* asomaba entre sus labios como una lengüecita que se sacudía espasmódicamente. Yo todavía quise aferrarme a la débil esperanza de que se tratara de una broma, y casi recé para que Clara escupiera al pececito en la pecera, donde lo veríamos reanudar sus idas y venidas como si tal cosa. Lo que ocurrió, sin embargo, fue que mi amiga lo masticó y se lo tragó, exactamente igual que haría un gato. Y por último se frotó la boca con la manga del uniforme para limpiarse unas gotas de sangre que brotaban de la comisura de sus labios.

Todo había ocurrido tan deprisa que nuestra reacción aún se demoró. Y curiosamente fue la misma. Tanto Victoria como yo estallamos en carcajadas. Aunque juraría que a ella no le hizo ninguna gracia presenciar el triste final de *Sirenita*. Personalmente me pareció que lo que acababa de hacer Clara había sido horroroso, por mucho que el reto se me hubiera ocurrido a mí. Muchas veces lanzábamos retos imposibles a modo de broma, en plan «esta noche cuélate en la habitación de tu hermano y córtale la polla con unas tijeras». Eran salvajadas que sabíamos de sobra que no podían realizarse, pero nos moríamos de risa cuando alguna las soltaba en voz alta. Así había dicho yo lo de comerse a *Sirenita,* como una broma. Pero Clara había aceptado y cumplido el reto, lo que había provocado nuestras carcajadas histéricas. Ambas teníamos la sensación de que se había traspasado una barrera y, por tanto, a partir de ahora cualquier cosa podía pasar.

Como era previsible, la respuesta de Clara no tardó en llegar. Lo que nunca se me habría ocurrido es que su reto fuera a ser tan parecido al mío, y que a partir de ahí todos nuestros desafíos seguirían una línea ascendente basada en devorar bichos. Yo no tenía peces. De hecho, no tenía ninguna mascota. Pero mi abuela sí. Un canario sin nombre que hacía sus delicias cantando desde su jaula colgada junto a la ventana. «Me recuerda al pueblo y a la juventud», decía mi abuela, a la que yo adoraba. Sin embargo, ahora me tocaba comerme su querido canario. Y aunque podría haberme negado, decidí no hacerlo. Es decir, decidí comérmelo. Las reglas habían quedado establecidas tiempo atrás. Si alguna de nosotras se negaba a cumplir un reto cuando otra lo había cumplido antes, recibiría un castigo horrible que elegiría la retadora. Teniendo en cuenta que la retadora era Clara, cualquier cosa era preferible a someterse a un castigo ideado por ella. Hasta comerme el canario de mi abuela.

Por suerte, lo que no estaba escrito eran las circunstancias en que el pequeño y horrible festín debía ocurrir. Y digo «por suerte» porque esto me permitió no tener que comérmelo vivo y a bocados. Así pues, pude encontrar el momento de birlar al pajarito de su jaula y darle una muerte rápida y piadosa antes de desplumarlo, limpiarlo de tripas y freírlo en una sartén. No digo que no me diera un poquito de pena y algo de asco, pero yo ya había comido pajaritos fritos (precisamente en el pueblo de mi abuela) y sabía que tenían apenas tres bocados y muy buen sabor. Peor fue la reacción de la abuelita al echar de menos a su canario, aunque tuve la precaución de guardar unas cuantas plumas y mojarlas en la sangre del pajarito para esparcirlas después por el suelo de la jaula. Esto convenció a mi abuela de que alguna pequeña rapaz aclimatada a la ciudad (un cernícalo, seguramente) había sido la responsable de la trastada.

Faltaba solo el reto de Victoria, que según las reglas podía ser decidido tanto por Clara como por mí. Yo me abstuve con la esperanza de que Clara se diera cuenta de que estábamos llevando las cosas demasiado lejos y decidiera que había llegado el momento de parar. Pero qué va. Su conclusión perversa fue que solo cabía una posibilidad, que era seguir adelante. «¡Te vas a comer una rata!», fueron sus palabras. Y ni las lágrimas de Victoria ni mis ruegos sirvieron para ablandarla. Lo único que podía hacerse era poner fin a todo aquello cuanto antes. Así pues, como la amiga leal que siempre he sido, tomé algo de dinero de mis ahorros y acudí a una tienda de animales para comprar una ratita blanca limpísima y adorable, de modo que Victoria cumpliera su reto con la mayor garantía de higiene y las menores penalidades. Y luego se la cociné lo mejor que supe, cortándola en trocitos muy pequeños que rebocé antes de introducirlos en la *air fryer*. Estoy segura de que todos hemos comido platos peores en algún restaurante chino. Y aun así Victoria lloró y suplicó sin que le sirviera de nada, pues Clara se mantuvo inflexible, y tuvo que comerse la rata a trocitos hasta que no quedó ni uno. Y sí, al principio le daban arcadas y hacía muecas de asco, pero cada porción parecía que le entraba mejor que la anterior. Y hasta juraría que las últimas le estuvieron sabrosas. Al fin y al cabo, la carne es carne. Y la ratita no me había salido barata.

Este es el momento clave de mi historia. Habíamos cumplido nuestros retos y todo podría haber terminado en este punto en lugar de continuar del modo que lo hizo. Y pecaría de injusta si le echara a Clara la culpa de todo. Fue cosa de las tres. Victoria acababa de comerse su rata y no pensaba dejar las cosas así. Lo noté de inmediato cuando se le secaron las lágrimas y vi que los ojos seguían reluciéndole. Clara nunca ha tenido miedo de nada. En cuanto a mí, la verdad es que no quería quedarme atrás, en parte por no arriesgarme al desprecio de mis dos amigas. Y en parte... en fin... la cosa había empezado a intrigarme. Es lo que tiene adentrarse en territorios prohibidos. Una vez que te lanzas, siempre quieres saber hasta dónde puedes llegar.

Lo que sí acordamos fue cambiar las reglas. Seguiríamos comiendo bichos, de acuerdo, pero el sentido común nos decía que aquello podía traernos problemas, por lo que fijamos un límite de un bicho por mes. Además, lo haríamos de común acuerdo. Es decir, el reto se decidiría entre todas y nos obligaría a las tres.

Se habían terminado los almuerzos en solitario.

Lo siguiente que devoramos fue una tortuga. Y me refiero a una por cabeza, porque se trataba de tortugas pequeñitas, de las de acuario, y apenas tenían un bocado. El resto de los reptiles, como iguanas o serpientes, estaban lejos de nuestras posibilidades económicas, de modo que seguimos con pequeños mamíferos. Victoria propuso un conejito, pero a Clara le pareció demasiado fácil por tratarse de un animal que forma parte habitual de la dieta mediterránea, aunque a ninguna de las tres nos gustara. Yo sugerí un gato, y señalé que la familia de Clara tenía una gata muy hermosa. En realidad, lo que buscaba era un desquite por la muerte del canario de mi abuela, pero a Clara le pareció estupendo y se presentó con el gato dentro de un trasportín al día siguiente. Lo que no habíamos pensado era en el paso previo al festín, es decir, en el proceso de matar al gato.

Quien piense que liquidar a un gato adulto de seis kilos es algo sencillo se equivoca gravemente. Jugábamos con la ventaja de la falta de testigos. Habíamos quedado en mi casa, pues soy hija única y mis padres no regresan de sus respectivos trabajos hasta después de las ocho. La dificultad era que no se trataba en modo alguno de un gato manso, sino de una bestia tan agresiva que parecía endemoniada. Incluso dentro de la caja lanzaba unos bufidos que helaban la sangre. Y cuando tratábamos de abrir la pequeña puerta para sacarlo de su encierro, la maligna criatura se arrojaba contra la mano de quien manipulara el pestillo, como si intuyera cuál iba a ser su destino tras ser liberado de su encierro. A mí me dio un arañazo colando sus zarpas entre los pequeños barrotes. A Clara, pese a que era parte de su familia humana, le asestó tal mordisco que poco le faltó para que la devorada fuera ella, en lugar del gato. Hasta que la dueña de aquella bestia furibunda se cansó y decidió ahogarlo en la bañera, para lo que no hacía falta sacarlo del transportín. Una vez consumado el ahogamiento, el resto fue más sencillo, a pesar de nuestra falta de pericia a la hora de despellejar el animal y eviscerarlo. En cuanto al sabor... en fin, eso era lo de menos.

El siguiente paso lógico era un perro, pero ninguna teníamos perro ni nos atrevíamos a adoptar uno de un albergue con el único propósito de comérnoslo. Lo más probable era que pidieran la conformidad de algún adulto, y que luego pretendieran hacer comprobaciones sobre el bienestar de la mascota. Así pues, aplicamos la lógica y decidimos apoderarnos de un perro ajeno, en concreto de la sin-tzu de una vecina de Victoria. La dueña era una mujer mayor y casi ciega, por lo que la perra se le escapaba con frecuencia cuando la mujer abría la puerta de su piso, aunque nunca iba demasiado lejos. Se solía quedar por la escalera hasta que algún vecino la devolvía a su casa, donde la anciana la recibía con grandes muestras de alegría y de gratitud hacia el buen samaritano. Aquello se había convertido en una especie de juego para los vecinos. Un día, sin embargo, la perrita no regresó, sino que acabó en el horno y fue devorada sin más guarnición ni salsa que la de nuestro entusiasmo.

Y llegó el momento de dar el paso definitivo, que no era otro que el de comernos a una persona. Esto nos convertiría en caníbales o antropófagas, lo que para nosotras suponía una especie de graduación con honores, como acabar la ESO con diez en todas las asignaturas. Tras mucho discutirlo, decidimos que lo de ser caníbales no estaba reñido con seguir siendo buenas personas. Es decir, podíamos compatibilizar el hecho de comernos a alguien con el de ser útiles a la sociedad. Por eso se nos ocurrió que nuestra víctima debía ser alguien realmente malo, un auténtico bicho, aunque esta vez en un sentido figurado, a diferencia de los animales inocentes que llevábamos devorados hasta el momento. Y la candidata natural, la que a las tres nos vino a la cabeza, fue Eva, la profesora de Educación Física de nuestro colegio.

Por aquellos días ya habíamos perdido la cuenta de todos los malos ratos que nos había hecho pasar aquella malvada mujer, quien seguramente había llegado a la enseñanza gracias a su vocación para la tortura. En el colegio se la conocía como «la Nazi», y no solo por su modo de ser, sino también por su aspecto. La verdad es que era una tía imponente. Mediría como un 1,80 y era toda músculo, con un culo y unas tetas por las que muchas habríamos matado. Era rubia, claro, y llevaba siempre el pelo recogido en un moño muy apretado, y tan estirado que daba la impresión de que siempre estuviera sonriendo, aunque se trataba solo de una mueca provocada por la tirantez que el moño ejercía sobre la piel de su cara. Seguramente estaría en torno a los cincuenta (aunque a nosotras nos parecía, además de mala, viejísima), pero aun así saltaba a la vista que era una mujer fuerte y que estaba en forma, por lo que convertirla en nuestro siguiente banquete no iba a ser sencillo.

Pero teníamos un plan.

La idea fue de Victoria, que a veces daba miedo por lo retorcida que podía llegar a ser, a pesar de que pasaba por la tontina del grupo. «Eva es demasiado grande para comérnosla entera», dijo. «Nos podemos arreglar con un trozo para las tres». Enseguida comprendimos por dónde iba y lo inspirada que había estado. Sabíamos dónde vivía la profesora, y también las horas a las que iba y venía del trabajo a casa, siempre en coche, porque el colegio está en un pueblo de la zona norte. Podíamos esperarla en el garaje subterráneo de su edificio y atacarla por sorpresa. Y luego no haría falta que nos lleváramos el cuerpo entero, lo que habría resultado poco menos que imposible. Bastaría con cortarle un brazo o una pierna y dejar el resto. Con eso tendríamos de sobra para un buen asado, lo que nos permitiría alcanzar la condición de caníbales sin complicarnos demasiado la vida.

Por si acaso había cámaras observándonos, nos compramos unas caretas en una tienda de disfraces de carnaval. Eran máscaras de Mickie Mouse en versión china, bastante escalofriantes si uno se paraba a mirarlas detenidamente. Nos pertrechamos también con un par de martillos, unos cuchillos grandes de cocina y una sierra que nos haría falta para amputarle el brazo una vez la hubiéramos dejado KO a martillazos. Y de ese modo nos colamos una tarde en su garaje aprovechando la salida del coche de un vecino.

La aventura nos emocionaba, pero lo más excitante era la sensación de estar a punto de dar un paso trascendental hacia la madurez.

Y en esto vimos el Golf rojo de Eva «la Nazi» descender por la rampa del garaje.

El plan era tan sencillo que no concebíamos que pudiera fracasar. Cuando Eva aparcara en

su plaza y saliera del coche, nosotras surgiría-
mos de las sombras, como tres demonios, nos
abalanzaríamos sobre ella y le golpearíamos la
cabeza con los martillos. Luego, un pequeño es-
fuerzo más con la sierra y a casa. Pensábamos
que nada podía salir mal. Sin embargo, un minuto más tarde las tres corríamos, maltrechas
y despavoridas, tratando de ganar la puerta del
garaje antes de que el mecanismo automático
la cerrara y quedáramos atrapadas con aquella
energúmena. ¿Que qué ocurrió? No sabría decirlo. Solo sé que yo me llevé un golpe tremendo
con la puerta del coche, que tanto Clara como
Victoria recibieron su ración correspondiente de
puñetazos y patadas, y que fue un milagro que
las tres pudiéramos salir de allí y alcanzar la
seguridad de nuestros hogares relativamente
ilesas.

Y así fue como Eva se salvó de ser devorada.

Pero nosotras seguíamos sin graduarnos en
canibalismo.

Cuando se nos pasó el susto, estudiamos varias opciones.

Clara tenía un hermanito de cinco años al
que detestaba con toda su alma y nos lo ofreció
como materia prima del banquete. Lo estuvi-
mos pensando, pero nos pareció que la desa-
parición del niño nos causaría problemas por
lo cercano del parentesco. Otra posibilidad era
«salir de caza» y convencer a algún chiquillo de
los que juegan en los parques de que se viniera
a jugar con nosotras. Pero ¿y luego qué? ¿Dónde

podíamos llevarlo? ¿Cómo nos desharíamos de todas las partes no comestibles? Las dificultades eran tan numerosas que abandonamos la idea.

Solo se nos ocurrió una posibilidad, pero haría falta mucho valor para ponerla en práctica.

Lo sorteamos a quién sacaba el palito más corto y perdí yo.

Por eso me faltan el meñique de la mano izquierda y los de ambos pies.

Tuve que dar muchas explicaciones por aquella automutilación y me libré de milagro de que me internaran en una clínica psiquiátrica. De lo que no me he librado ha sido de la medicación y la psicoterapia.

Aunque valió la pena. Y eso que, una vez cocinados, mis meñiques apenas dieron para elaborar un pinchito por cabeza que consumimos en un abrir y cerrar de ojos.

Ahora somos oficialmente caníbales, y yo espero impaciente el momento de nuestra próxima comida.

LA MUERTE HEROICA
Y SECRETA DE S. REDWOOD

S. Redwood se levantó pensando que aquel iba a ser un día como cualquier otro, ignorante de que el destino había señalado aquella fecha en rojo como el día de su muerte. S. Redwood nunca había pretendido suplantar al destino, salvo en aquel asunto menor de poner fin a su vida. Años atrás había decidido tomar las riendas y tenía su suicidio perfectamente planeado. Así se lo había comunicado a sus amigos y allegados, aunque nadie lo había tomado en serio. S. Redwood estaba condenado a que nadie lo tomara en serio, aunque reconocía que en buena medida era por su culpa. Para empezar estaba su condición de guiri transnacionalizado. La mayoría de los británicos que residían en España se apiñaban en la costa y formaban sus propias comunidades, Inglaterras en miniatura con sus pubs y sus supermercados en los que se vendía Marmite y solo se hablaba inglés. S. Redwood había venido a España con la intención de alejarse de dos cosas: de la lluvia y de sus compatriotas. Por ello había elegido como residencia Madrid, una ciudad de clima seco y

177

tan alejada de la costa como era posible. Allí tenía por costumbre evitar el contacto con otros británicos, por lo que la mayoría de sus amigos eran españoles, especialmente mujeres, y más en concreto mujeres jóvenes. Fiel a su pesar a las tradiciones británicas, S. Redwood era un desastre para los idiomas. Se expresaba en un pintoresco español plagado de resabios foráneos que, junto con su apariencia de profesor chiflado o explorador antártico, le hacían parecer un guiri de manual. Y los españoles tienen la costumbre de no tomarse a los guiris en serio (ni a los guiris ni a ninguna otra cosa que les resulte incomprensible). Por otro lado, S. Redwood mataba por una frase ingeniosa, un chiste o una buena broma. Ya se había resignado al hecho de que los españoles no comprendieran sus bromas ni su humor en general, y a que cada una de sus estrepitosas carcajadas provocara gestos de alarma, de sorpresa o incluso de desconfianza. La mayoría de los españoles que lo conocían pensaban que S. Redwood estaba como una cabra, opinión con la que él mismo comulgaba en buena medida. Se sabía un *outsider*, una especie de alienígena amable condenado a ser tratado con indulgencia, lo que tenía sus ventajas. Por ejemplo, la de poder airear sus proyectos de suicidio sin que nadie pensara que estaba hablando en serio. «Ya me he comido un apartamento y medio», anunciaba S. Redwood, con lo que quería decir que había consumido buena parte de los ingresos obtenidos con la venta de un par de apartamentos que había recibido como herencia en su Torquay natal. «Cuando me coma los dos apartamentos me pienso quitar de en medio. O bien cuando tenga la cabeza casi perdida. O bien cuando mi EPOC me incapacite por completo, lo que ocurra primero». Sus interlocutores le reían el chiste. «Ya tengo visto un acantilado en Galicia desde donde pienso lanzarme al vacío», anunciaba S. Redwood, y las risas arreciaban. Él se unía al coro de carcajadas, aunque todo era cierto, salvo lo del acantilado.

En realidad, el método que S. Redwood había elegido era mucho menos dramático, pero mucho más sofisticado y eficaz. Un tiempo atrás había visto en internet el anuncio de una liquidación de material médico procedente de una clínica que acababa de clausurarse. Por un momento estuvo tentado de hacerse con un colonoscopio, pues siempre había sentido curiosidad por explorar su propio intestino en busca de alguna anomalía o mutación que explicara su caprichoso comportamiento. Sin embargo, el precio del aparato era prohibitivo, a pesar de los cientos o miles de culos por los que se habría aventurado. Finalmente se decantó por un desfibrilador manual de uso hospitalario. Pensó que el aparato podía serle útil para gastarle una broma pesada a un invitado, pero entonces tuvo la gran idea: los desfibriladores se usan para revertir un ritmo cardiaco anómalo y evitar una asistolia, pero también pueden provocar el efecto contrario, sobre todo cuando funcionan al máximo voltaje. Un calambrazo fuerte en el pecho puede parar hasta el corazón de un buey, lo que convierte el suicidio en algo tan sencillo como el gesto de apretar un interruptor para apagar la lámpara de la mesita de noche. Clic, fogonazo y adiós. El único problema era el funcionamiento manual de su aparato, lo que dificultaba mucho el proceso. S. Redwood no se veía colocando los electrodos sobre su pecho y apretando el gatillo. Estaba convencido de que le faltaría el valor en el último momento. Por ello contrató a un informático discreto para que automatizara el proceso sin hacer preguntas. Ahora el aparato podía conectarse a su ordenador a través de un puerto USB, y activarse mediante un sencillo software con el que el aspirante a difunto podía programar una cuenta atrás que culminaría en la descarga. La posesión del dispositivo hacía feliz a S. Redwood, pues le garantizaba un tránsito fugaz, inapelable e indoloro (y con suerte también inodoro) hacia el más allá, por mucho que en público siguiera insistiendo en la versión del acantilado gallego, que tantos momentos de regocijo les proporcionaba a sus amigos.

Dicho todo esto, debemos insistir en que aquel jueves de marzo del año 2022 no era el día que S. Redwood había elegido para tomar la decisión cumbre de su vida, que no era otra que la de poner fin a la misma. Sin embargo, aunque no había fijado la fecha todavía, sabía que el acto no podía demorarse mucho. Últimamente notaba que el proceso de descomposición de su mente se estaba acelerando. Apenas era capaz de valerse en la vida cotidiana. Se saltaba su medicación, se ponía los calzoncillos al revés y ya había olvidado abastecerse de galletas de jengibre en dos ocasiones. El idioma español, que había llegado a manejar con cierta soltura, se estaba evaporando de su cabeza y casi no le alcanzaba ya para construir las frases más elementales. Sus amigos reían cuando confundía «avispa» con «obispo» o cuando cambiaba las palabras de sitio, y él reía con ellos para hacerles creer que estaba bromeando, aunque su frustración crecía de día en día. En cuanto a su memoria, esta había empezado a comportarse de un modo caprichoso. De pronto se daba cuenta de que no recordaba el nombre de la joven amiga con la que estaba conversando, y por la que sentía un afecto muy cercano al enamoramiento. Un rato más tarde, sin embargo, lo fulminaba el recuerdo de una mujer con la que se había cruzado en una polvorienta calleja de Riad treinta años antes. La mujer estaba cubierta de pies a cabeza por un nicab que tan solo dejaba descubiertos los ojos, y su mirada se había posado en S. Redwood durante menos de un segundo. Esto en cuanto al deterioro de sus funciones cognitivas. Por otro lado, sus pulmones parecían cercanos a alcanzar su fecha de caducidad, y apenas le permitían dar un breve paseo sin amenazar con estallarle. Y luego estaban sus problemas financieros. Se había comido ya tres cuartas partes del segundo apartamento y se resistía a depender de la caridad ajena o de las ayudas estatales, y menos después del Brexit. Todo esto le hacía comprender que la decisión de poner en marcha el desfibrilador («la solución final del problema Redwood», como él había bautizado el proceso) no debería demorarse más allá de unos pocos meses. Pero no hoy. No esta mañana de marzo en la que un sol cargado de promesas se colaba por su ventana, la temperatura era agradable y los armarios de su cocina atesoraban cinco latas de las más exquisitas «ginger biscuits» que un amigo acababa de traerle desde el Reino Unido. De hecho, estaba considerando la idea de meterse algunas galletas en el bolsillo, llamar a una de sus jóvenes amigas y proponerle un paseo cuando le llegó aquel email.

Como tantos graduados universitarios de su generación y nacionalidad, S. Redwood había llevado una vida nómada. A lo largo de los años, y antes de recalar en España, había sido profesor de inglés en varios países. Su primera escala fue Turquía, donde conoció a Roger, de quien acababa de recibir un correo. No le extrañó demasiado, pues era uno de los pocos compatriotas británicos con los que había llegado a tener cierta amistad, una relación que sobrevivía casi cuarenta años más tarde, aunque se materializaba en poco más que en algunas cartas y alguna llamada ocasional. Roger se había establecido en Turquía y había formado una familia allí. S. Redwood, por su parte, se mudó a Arabia Saudí, donde logró ahorrar algo de dinero a costa de malvivir durante algunos años en aquel país de mierda, aunque esa es otra historia. En su email, Roger le daba noticias sobre su día a día en Ankara, lo que a S. Redwood le importaba un pimiento, y también sobre los antiguos compañeros en el colegio privado femenino donde ambos trabajaban, lo que aún le importaba menos (de hecho, ni siquiera los recordaba por sus nombres). Antes de despedirse, sin embargo, su antiguo colega había escrito un par de líneas que lo noquearon como un derechazo en la mandíbula: «Seguramente te acordarás de Dafni Aslan, aquella chica de la que estuviste un tiempo encaprichado. Pues bien, hace poco supe que había muerto. Tenía solo 55 años, la pobre. Recibe mis condolencias».

Dafni Aslan. Pues claro que se acordaba de ella. De hecho, se trataba de uno de los pocos recuerdos que habían sobrevivido intactos al naufragio de su memoria. Una muchacha rubia de ojos azules (lo que era rarísimo entre las mujeres turcas) y sin asomo de vello facial (todavía más raro). Dafni Aslan, con la cara de un ángel y un cuerpo digno de una hurí que ni siquiera el espantoso uniforme del colegio conseguía ocultar del todo. Dafni Aslan, cuya voz le provocaba una erección cada vez que le hacía leer fragmentos de Jane Austen o de Dickens. Dafni, su añorada Dafni, de la que no había estado encaprichado, como decía Roger en su email, sino completamente enamorado, loco de atar. Y ello a pesar de que por entonces él era casi un treintañero y la chica tenía solamente dieciséis años (eran otros tiempos). Incluso hubo un momento en que S. Redwood, solterón recalcitrante, estuvo a punto de plantarse en casa de Dafni con un anillo de compromiso y pedir la mano de la chica a sus padres. De hecho, dedicó varias semanas a estudiar turco como un loco para poder cumplir su objetivo, pero sus planes se frustraron el día en que, de repente, Dafni abandonó el colegio sin mediar explicación. Poco después se supo de su compromiso con un viudo de mediana edad muy bien situado y propietario de un bufete de abogados y un frondoso bigote. Aquello le costó a S. Redwood lo más cercano a una depresión que había conocido en toda su vida, y la decisión de trasladarse a Arabia Saudí para dejarlo todo atrás, error gigantesco que nunca viviría lo suficiente para lamentar en toda su magnitud. La cuestión era que, con la perspectiva de los muchos años transcurridos, S. Redwood había llegado a comprender que sus sentimientos por aquella adolescente turca habían alcanzado tal intensidad que incluso se atrevía a concederle el imprudente título del amor de su vida. Como prueba, mencionaremos que, durante los últimos cuarenta años o así, raro era el día en que no le había dedicado al menos unos segundos de añoranza, y que ahora, tras leer la carta de Roger, se sentía como si una fiera acabara de asestarle un zarpazo en su yo más recóndito, aquel que normalmente escondía bajo una gruesa capa de ironía y de chistes incomprensibles.

La fiera se llamaba muerte, y la herida sangraba de forma copiosa.

Y entonces S. Redwood tuvo la idea más insensata de las muchas ideas insensatas que había alumbrado en el transcurso de su no muy sensata existencia. Se trataba de devolver a Dafni a la vida, y para hacerlo no hacía falta ser Jesucristo ni hacerse con una pata de mono mágica. La inspiración de S. Redwood era la mitología clásica, a la que siempre había sido muy aficionado. Más concretamente, el mito de Orfeo y Eurídice.

Como casi nadie ignora, Orfeo fue un cantor legendario que embelesaba a todos con su música. El dolor inmenso que le provocó la muerte de Eurídice, su amada esposa, lo llevó a embarcarse en la aventura más arriesgada que podía emprender un héroe de la antigüedad: el descenso al inframundo, donde residían las almas de los difuntos. Y, una vez allí, tras ablandar con su voz y su lira los corazones de Hades y Perséfone, monarcas de los infiernos, logró rescatar a Eurídice y emprendieron juntos el regreso al mundo de los vivos. Luego las cosas se torcieron de un modo la mar de aciago, pero S. Redwood prefería obviar esa parte y centrarse en la viabilidad de la hazaña. Ahora bien, ¿dónde estaba la entrada del inframundo o infierno? Para los antiguos esta información debía de ser conocida (no en vano fueron varios los héroes que emprendieron y completaron el viaje). Sin embargo, ese conocimiento se había olvidado.

Y aquí fue donde S. Redwood aplicó sus extensas lecturas de esa mitología moderna que es la fantasía y la ciencia ficción. En concreto, el personaje de John Constantine, un detective de lo oculto capaz de descender al infierno y regresar al mundo de los vivos. El procedimiento era un tanto radical, pues consistía en el suicidio del héroe y su posterior reanimación, pero S. Redwood se sabía bien equipado para completar la aventura. De hecho, llevaba años planeando su suicidio. ¿Y si las cosas iban mal y después no encontraba el camino de regreso? ¿Y si no existía el inframundo, después de todo, y lo único que encontraba tras la muerte era oscuridad y olvido? Ambas preguntas desfilaron por su cabeza, pero S. Redwood comprendió que ni una cosa ni la otra le suponían un obstáculo importante. Si quedaba atrapado en el reino de los muertos, tan solo habría adelantado el tránsito unos cuantos meses, pues tenía pensado suicidarse de todos modos. ¿Y qué son unos meses en comparación con toda la eternidad? En cuanto a la posibilidad de que no hubiera nada tras la muerte, la idea le resultaba más bien reconfortante, por no decir tentadora. Así pues, con todas sus dudas resueltas, S. Redwood se dispuso a imitar a los héroes clásicos y a desempolvar el desfibrilador.

Poco después lo tenía todo dispuesto. El único problema era cómo programar el aparato. La primera descarga (la que le pararía el corazón) tendría lugar al cabo de unos segundos de apretar el botón de «enter», sin apenas tiempo para cambiar de idea. El problema era la segunda descarga, la que (en teoría al menos) debería devolverlo a la vida. Las webs médicas coincidían en que un paro cardíaco no puede prolongarse más de cinco minutos sin que se produzca un daño cerebral irreversible. S. Redwood sabía que el estado actual de su cerebro no era para lanzar cohetes, pero aun así no deseaba ser resucitado para pasar el tiempo que le quedara de vida convertido en un vegetal babeante. Decantándose por la prudencia, programó el desfibrilador para que la segunda descarga se produjera al cabo de tres minutos de la primera. Por si esto no bastaba, programó también una tercera descarga para poco después. ¿Tendría tiempo suficiente para encontrar a Dafni y traerla de vuelta? No, desde luego, si el tiempo en el más acá y en el más allá discurrían de forma paralela. Pero prácticamente toda la literatura fantástica coincide en que en el mundo de ultratumba el tiempo sufre un efecto de dilatación, de tal modo que lo que aquí es un minuto, allí puede ser un día, una semana o incluso un siglo. Por la cuenta que le traía, S. Redwood hizo votos para que la dilatación temporal del más allá fuese moderada, pues no deseaba regresar tres siglos después y encontrarse el planeta entero dominado por los simios, por los musulmanes o por los testigos de Jehová.

Y ya solo quedaba iniciar el procedimiento. Para ello S. Redwood se tumbó en su cama, con el desfibrilador y el ordenador portátil que lo activaría al alcance de su mano, y se fijó los electrodos sobre su pecho desnudo con cinta americana, uno de ellos bajo la clavícula derecha y el otro en el costado izquierdo, a unos diez centímetros por debajo de la axila. S. Redwood inició la cuenta atrás en el portátil e inspiró hondo, consciente de que aquel podía ser su último aliento, pero esperanzado, a pesar de todo. «¡Allá voy, Dafni, amor mío!», dijo en voz alta. Un par de segundos después su torso se tensaba y arqueaba por efecto de la descarga. ¿Por qué nadie le había dicho que aquello quemaba como si lo estuvieran marcando con un hierro candente? La última palabra de S. Redwood fue *fuck*. Al cabo de un instante estaba tan muerto como el loro del sketch de Monty Python.

Todo ocurrió en el lapso de un parpadeo. No sintió nada, ni la menor sensación de haber abandonado un lugar para ingresar en otro distinto. Sencillamente cerró los ojos en su alcoba y los abrió en el inframundo o infierno. Porque aquello, desde luego, no podía ser el cielo. El sitio le recordaba muchísimo al patio de una gran chatarrería o de un desguace. Había millones de objetos de lo más variopinto apilados en enormes montones: cacharros de cocina, muebles desvencijados, viejos televisores, lavadoras reventadas, bicicletas como las que se usaban en su juventud, embalajes de Amazon... Entre las pilas de cachivaches deambulaban los difuntos. Todos iban desnudos y aparentaban una edad en torno a los veinticinco años. En ese momento S. Redwood se contempló a sí mismo y descubrió que también él estaba desnudo y que su cuerpo había recuperado la lozanía de la juventud. Sus gafas no habían hecho el tránsito con él, pero para su asombro comprobó que no las necesitaba. Al palparse la cabeza, para su deleite, descubrió que volvía a tener pelo. No era un mal modo de aterrizar en la vida de ultratumba. A pesar de lo decepcionante del entorno, S. Redwood se sintió casi feliz.

El resto de los difuntos (¿condenados?), sin embargo, no parecían compartir su felicidad. Todos tenían pinta de enfadados y discutían a voz en grito. Una mujer alta que pasó cerca de él exigía ver al encargado. Un chico moreno se quejaba de que hacía calor y discutía a grito pelado con otro difunto que reclamaba que se subiera la temperatura del termostato, porque se moría de frío. S. Redwood se dio cuenta en ese instante de que todos hablaban en castellano con acento español, con lo que dedujo que aquella parte del inframundo debía estar reservada para los españoles, o al menos para los fallecidos en España. Ahora comprendía por qué todos parecían enfadados, pero también que nunca encontraría a Dafni Aslan en aquel lugar.

S. Redwood trató de abordar a varios de sus colegas difuntos, pero aquellos condenados españoles insistían en sus quejas y en sus discusiones sin hacerle el menor caso, es decir, exactamente igual que cuando estaba vivo. De repente sintió unos molestos pinchazos en las pantorrillas. Al inclinarse para comprobar cuál era el problema, detectó la presencia de un ser antropomórfico del tamaño aproximado de uno de aquellos monitos tan traviesos a los que llegó a odiar con toda su alma durante su estancia en Malasia. El ser (¿demonio?) era de un color rojo intenso, presentaba una cola parecida a la de un reptil y alas vestigiales similares a las de los murciélagos. Su rostro, curiosamente, recordaba al de un bebé humano, lo que a S. Redwood le pareció totalmente coherente con su condición de demonio. En aquellos momentos se aplicaba en pincharle en las piernas con un tridente del tamaño de un tenedor. S. Redwood se dispuso a darle una patada o a aplastarlo directamente de un pisotón, pero pensó que el pequeño ser podría resultarle útil, de modo que se agachó y lo pescó sujetándolo por las alitas de murciélago. Mientras lo ponía a la altura de sus ojos, el pequeño demonio se debatía, pataleaba y le dirigía los insultos más atroces del colorido repertorio español.

—¿Quién eres? —preguntó S. Redwood cuando el ser por fin se calló.

—¡Suéltame, cabronazo! ¡Guiri de mierda!

—¡Dime quién eres o te liquido! —insistió S. Redwood sujetándolo por el cuello y amenazando con trincharlo con su propio tenedor.

—¡Ay! ¡Vale! ¡Joder! Tranquilízate. Soy... digamos... tu comité de bienvenida. Me han encargado que te dé la información que necesitas para apañártelas por aquí.

—¿Y por qué me estabas pinchando?

—¡Pues porque soy un demonio, hostias! —respondió el pequeño ser como si acabaran de hacerle la pregunta más estúpida del mundo—. Tengo que putearte, aunque sea un poco. Está en mi naturaleza. A ver, ¿hay algo que quieras saber?

—Sí —respondió S. Redwood al instante—. ¿Por dónde se va al inframundo de los turcos?

Al final el pequeño demonio se reveló como inesperadamente servicial. Por él supo S. Redwood que en realidad aquel inframundo era un lugar de tránsito, una especie de gran campo de refugiados en el que los difuntos recientes aguardaban a que se les encontrara acomodo en «El Otro Sitio». Por conveniencia, los residentes estaban, en efecto, agrupados conforme a su procedencia geográfica.

—Para llegar al infierno de los turcos tendrás que cruzar el de los franceses y los italianos —explicó el demoniejo—. Y luego tomar el ferry que cruza la Estigia.

«Lógico», pensó S. Redwood en este punto.

—Pero te advierto que allí están muy jodidos —prosiguió la criatura—. Sobre todo los hombres. Recuerda que son musulmanes. Al llegar aquí esperan encontrarse con las setenta y dos muchachas vírgenes que les tocaban por cabeza y se cabrean mucho al comprobar que aquello es solamente una moto que les vendieron para reclutarlos en organizaciones yihadistas.

—Bueno —repuso Redwood—, aquí tampoco parecen muy contentos.

—No —convino el pequeño ser—. Pero estos son españoles. Están acostumbrados a que los engañen.

El tránsito de S. Redwood por el inframundo no estuvo exento de vicisitudes y merecería ser contado en otro momento. Pero para el propósito de esta narración basta con decir que, transcurrido un tiempo indeterminado (el tiempo del inframundo es complicado de calcular), el ferry pilotado por Caronte arribó a las costas de la infra-Turquía, donde nuestro héroe se sintió irremisiblemente perdido. Tal y como ocurría durante sus años de residencia en la Turquía de arriba, allí nadie parecía hablar inglés. Es más, no encontró a un solo difunto turco dispuesto a hacerle el menor caso. Los hombres se daban fuertes palmadas en el pecho y las mujeres lanzaban aullidos ululantes. S. Redwood se sintió desfallecer cuando comprendió que encontrar a Dafni en medio de aquel pandemónium iba a ser tan arduo como buscar la proverbial aguja en el pajar. Temía que en cualquier momento los tres minutos programados en el desfibrilador llegaran a su fin y su cuerpo fuera devuelto a la vida sin haber cumplido su propósito. Entonces notó que le daban unos golpecitos en el hombro.

—¡Señor Redwood! —oyó decir en inglés.

Aquella dulce voz solo podía pertenecer a una persona en el mundo.

—¡Dafni!

Había madurado desde la última vez que la vio. Por aquel entonces ella tenía dieciséis años, y en el inframundo todos aparecían con aspecto de tener veinticinco. El cambio le había sentado bien. Su belleza se había asentado y florecido. Estaba arrebatadora.

—¿Qué hace usted aquí?

—He venido a por ti —respondió S. Redwood sin más preámbulos—. Voy a devolverte a la vida.

—¿Por qué? —preguntó la muchacha algo confundida.

—¡Porque te amo! ¡Siempre te he amado!

En otras circunstancias, las palabras que acababa de pronunciar habrían abochornado un poco a S. Redwood. Pero en aquellos momentos no se le ocurrió nada mejor. Además, a fin de cuentas la muchacha era turca, y allí son muy aficionados a los culebrones románticos. De hecho, enseguida comprobó que sus palabras habían obtenido el efecto deseado:

—¡Oh, señor Redwood! —suspiró Dafni.

Y sin más preámbulos se abandonó entre sus brazos. En ese instante S. Redwood comprendió que acababa de materializar el deseo más anhelado de su vida, aunque para ello hubiera tenido que matarse primero. El cuerpo desnudo de Dafni Aslan y el suyo encajaban como dos piezas contiguas de un puzle. Aunque estuvieran rodeados de una turba de turcos enfurecidos y de montones de chatarra, no había otro lugar en el universo donde S. Redwood quisiera estar. Salvo quizás...

Hubo un fogonazo y una repentina sensación de vértigo.

Dafni Aslan se encontró de repente plantada en mitad del Bulevar Atatürk de Ankara. Estaba desnuda y los coches que transitaban en ambas direcciones la increpaban a bocinazos. Pero estaba viva de nuevo. Lo demás no importaba.

S. Redwood, por su parte, se encontró tendido en su cama con los electrodos del desfibrilador todavía pegados al pecho. Al principio se sintió un poco decepcionado al advertir que Dafni no estaba con él. Pero su decepción se convirtió en sorpresa cuando, al disponerse a despegar las tiras de cinta americana que fijaban los electrodos a su piel, comprobó que el pelo de su pecho ya no era gris entreverado de blanco, como antes de su tránsito, sino oscuro y espeso. Se palpó los músculos de los brazos y del abdomen y descubrió que estaban tonificados, tal y como los tenía en la juventud. Un vistazo hacía su bajo vientre le reveló que su pene se erguía duro y desafiante como resultado del estrecho contacto que había mantenido con la muchacha, fenómeno que estaba seguro de que no volvería a experimentar, ni con la ayuda de la viagra ni del fantasma de las navidades pasadas. Por último, se llevó las manos a la cabeza y comprobó que también en este mundo volvía a tener pelo. Y así fue como concluyó que, si bien había regresado al mundo de los vivos separado de Dafni (un simple desfase geográfico que resultaría la mar de sencillo solucionar mediante un vuelo *low cost*), las leyes secretas que regulaban el tránsito entre los mundos le habían permitido conservar la juventud recuperada tras la muerte. ¡También aquí volvía a tener veinticinco años!

Quiso gritar de júbilo, pero lo que surgió de su garganta fue un alarido de horror, pues acababa de recordar algo terrible.

El desfibrilador estaba programado para una tercera descarga que iba a tener lugar en cualquier instante. Tenía que retirarse los electrodos de inmediato. Empezando con el de debajo de la axila, despegó la punta de uno de los trozos de cinta americana que lo sujetaban, con lo que consiguió arrancarse unas cuantas docenas de los abundantes y lustrosos cabellos que cubrían su pecho. El dolor le pareció insoportable.

Y entonces...

¡¡UOOOOSH!!

Y allí estaban de nuevo las montañas de cachivaches y los difuntos españoles que se quejaban y discutían sin parar.

S. Redwood notó un pinchazo en la pantorrilla y, sin dignarse a mirar, envió al pequeño demonio volando hacia la chatarra de una patada. Enseguida se arrepintió, fue a rescatarlo y soportó estoicamente sus improperios.

«Te llamaré Virgil», le dijo.

La Fea Burguesía
— EDICIONES —

Este libro, *Caníbales*,
se acabó de imprimir en febrero de 2024